슬픈
아일랜드 그곳에는 지금도 산들바람이 분다

# 슬픈 아일랜드

그곳에는 지금도 산들바람이 분다

마리타 콘론 맥케너 지음

이명연 옮김

도서출판 산하

# 굶주림

 춥고 눅눅한 날씨였다. 에일리는 침대에서 뒤척이며 담요를 어깨까지 끌어 올렸다. 여동생 페기가 돌아누웠다. 페기는 또 코를 골았다. 감기에 걸리면 늘 그랬다.

벽난로가 거의 꺼져 갔다. 뜨거운 재가 어둑어둑한 오두막집을 부드럽게 밝혀 주고 있었다.

엄마는 낮은 목소리로 아기에게 노래를 불러 주었다. 아기 브리짓은 눈을 감고 있었다. 담요에 감싸여 있는 브리짓의 부드러운 얼굴은 어느 때보다 창백해 보였고, 자그마한 손은 엄마의 긴 갈색 머리를 한

움큼 꼭 쥐고 있었다.

브리짓은 몹시 아팠다. 가족들 모두가 그 사실을 알고 있었다. 브리짓의 앙상한 몸은 언제나 너무 뜨겁거나 너무 차가웠다. 엄마는 브리짓을 밤낮으로 안고 있었다. 마치 사랑하는 아기에게 자신의 힘을 나눠 주기라도 하려는 것처럼.

에일리의 감은 두 눈에서 눈물이 흘렀다. 가끔씩은 이 모든 게 꿈이고 이제 곧 웃으며 잠에서 깨어날 것만 같았다. 그러나 배고픔과 마음속 슬픔은 이 모든 게 현실이라는 사실을 여실히 일깨워 주었다. 에일리는 눈을 감고 지난날을 떠올렸다.

불과 1년 전의 일들이 아득하게만 느껴졌다. 아이들은 교실에 앉아 있었다. 그때, 팀 오켈리가 교실로 뛰어 들어와 형인 존을 불렀다.

"빨리 집에 와서 감자 캐는 걸 도와 달래. 역병이 퍼져서 땅속에서 감자가 썩고 있어."

아이들은 모두 선생님이 매를 들고 '수업 방해하지 말고 어서 나가, 이 녀석아!' 하고 팀에게 호통을 칠 거라고 생각했다.

그러나 놀랍게도 선생님은 책을 덮고 아이들을 바라보았다.

"잘 들어라!"

그러고는 이렇게 말씀하셨다.

"너희들도 얼른 집에 가서 어른들을 도와드려라."

아이들은 집에서 맞닥뜨리게 될 일을 막연히 두려워하면서 숨이 턱에 닿을 정도로 재빨리 집으로 내달렸다.

에일리의 아빠는 머리를 감싸 쥐고 돌담 위에 앉아 있었다. 엄마
는 밭에 아예 엎드리다시피 하며 손과 앞치마가 흙투성이가 된 채로
감자를 캐고 있었다. 악취 섞인 공기가 주위를 짓눌렀다. 끔찍한 썩
은 내가 콧속으로, 입속으로 흘러 들어왔다. 불길하고도 음산한 역병
의 냄새였다.

골짜기 건너에서는 남자들이 욕을 해 대고 있었고, 여자들은 하느
님께 살려 달라며 기도를 했다. 밭마다 감자가 썩어서 땅에 뒹굴었
다. 감자는 모든 사람들의 양식이었다. 눈이 휘둥그레진 아이들은 두
려움에 떨며 그 광경을 지켜보았다. 어린 나이들이지만 이제 곧 기근
이 닥칠 것임을 알 수 있었다.

에일리는 페기의 등을 꽉 껴안았다. 몸이 금세 따뜻해졌다. 졸음
이 왔다. 그리고 다시 잠에 빠져 들었다.


"언니. 일어나."

페기가 속삭였다.

두 사람은 기지개를 켜며 담요 밖으로 나왔다. 에일리는 불가로 가
서 남아 있는 불씨에 토탄을 넣었다. 토탄을 담은 광주리가 거의 비어
있었다. 광주리를 채워 놓는 것은 마이클의 몫이었다.

에일리와 페기는 집 밖으로 나왔다. 이른 아침 해가 빛나고 있었

다. 잔디는 이슬을 맞아 축축했다. 날씨가 쌀쌀했기 때문에 둘은 서둘러 토탄을 옮겼다. 돌아와 보니 엄마는 아직 자고 있었다. 아기 브리짓도 엄마 품에서 졸고 있었다.

"뭐 먹을 거 없어?"

"마이클. 너 깨어 있는 건 눈감고도 알겠다."

에일리가 마이클을 놀렸다.

"그러지 말고 누나가 한번 찾아 봐."

마이클이 사정했다.

"일단 담요 밖으로 나와서 눈곱부터 떼."

열린 문을 통해 햇빛이 집 안으로 들어왔다.

'여긴 지저분하고 더러워.'

에일리는 생각했다.

아기가 기침을 하며 잠에서 깨어났다. 엄마는 바쁘기 때문에 에일리가 아기를 안아 불가의 의자로 데려갔다. 먹을 거라곤 감자 세 알밖에 없었다. 엄마는 감자를 썬 다음. 커다란 단지에서 탈지 우유를 따라 부었다. 한눈에도 적은 양이었지만 아무도 내색하지 않았다. 그리고 각자 생각에 잠겨 말없이 아침을 먹었다.

마이클이 입을 열어 뭔가를 말하려다가 마음을 바꾸었다. 그동안의 시간들이 마이클에게 가르침을 주었기 때문이다.

처음 얼마 동안 마이클은 이것저것을 요구했다. 그럴 때마다 아빠,

엄마는 아무말 없이 마이클의 손바닥에 나무 숟가락만 쥐어 주었다. 그 뒤에도 마이클이 계속 불만을 늘어놓자 아빠의 눈에는 슬픔이 어렸고, 엄마는 울음을 터뜨렸다. 누이들이 찌르고 꼬집기도 했지만, 마이클도 아빠와 엄마의 그런 모습은 견딜 수 없었다. 때로는 잠자코 있는 것이 더 좋을 때도 있다는 걸 마이클도 알게 되었다.

한낮이 되자 상황이 나아졌다. 햇살이 따스해지면서 불어오는 바람도 부드러워졌다. 마이클은 집을 나와서 친구인 팻을 찾아갔다. 둘은 늪지까지 걸으며 광주리에 채울 만한 것이 있는지 살펴보기로 했다.

브리짓은 숨을 그르렁거리면서도 계속 잠을 잤다. 엄마는 기운을 조금 차린 듯, 더러운 옷을 빨고 담요도 털어서 돌담에 쭉 널었다.

페기는 길게 땋아 늘였던 갈색 머리를 풀었다. 축 늘어진 머리에 기름기가 덕지덕지 끼어 있었다. 엄마는 바가지로 물을 퍼서 페기의 머리에 부으며 두피를 벅벅 문질렀다. 페기가 소리를 질렀지만 잠시 후에 지를 비명에 비하면 이 정도는 아무것도 아니었다. 엄마는 가는 빗을 가져와 이나 벼룩이 없는지 일일이 확인하면서 페기의 엉킨 머리카락을 빗어 내리기 시작했다. 에일리는 웃음을 지었다. 불과 2주 전에 자기도 똑같이 당했기 때문에 오늘은 자기 차례가 오지 않는다는 사실을 알고 있었다.

얼마 있다가, 엄마는 두 아이에게 급히 심부름을 시켰다. 윗동네에 있는 메리 케이트 콘웨이 할머니 댁에 가서 브리짓의 가슴을 마사지할 거위 기름을 얻어 오는 일이었다. 물론 거위 기름이 아직까지 남아 있을지는 알 수 없었다. 메리 케이트 할머니는 병을 고치는 재주가 있어서, 아프거나 다친 사람들을 늘 도와주었다.

메리 케이트 할머니의 오두막집에는 울타리가 쳐져 있었다. 도움을 청하러 찾아오는 사람들이 많긴 하지만, 할머니도 자신만의 생활을 지킬 필요는 있으니까.

할머니는 햇볕을 쬐러 바깥의 의자에 나와 있었다.

"어머나, 세상에서 가장 착한 두 소녀가 오셨네."

할머니가 농담을 했다.

"무엇을 도와 드릴까요?"

"엄마가 아기한테 쓸 거위 기름을 얻어 오래요."

에일리가 말했다.

"가엾은 아기 같으니."

할머니가 중얼거렸다.

"하필이면 이런 때 태어나서."

할머니는 의자에서 일어나더니 아이들에게 따라오라고 했다. 페기는 에일리의 옷자락을 꼭 잡고 뒤따라갔다. 메리 케이트 할머니에 대한 몇 가지 소문을 듣고 겁이 났기 때문이었다.

집 안은 어둠침침하고 퀴퀴한 냄새가 났다. 메리 케이트 할머니는 낡은 찬장 앞으로 걸어갔다. 찬장 안에는 크고 작은 단지와 병이 가득 차 있었다. 할머니는 혼잣말을 중얼거리며 차례차례 단지를 집어 뚜껑을 열고 내용물을 들여다보았다. 마침내 원하는 것을 찾아 낸 할머니는 단지를 에일리에게 건네주었다.

"다 쓰고 나면 단지를 돌려 달라고 엄마에게 꼭 말씀드리렴."

"이게 있으면 브리짓의 병이 나을까요?"

일곱 살밖에 안 된 페기의 용감한 질문에 에일리는 깜짝 놀랐다.

메리 케이트 할머니는 얼굴을 찌푸렸다.

"나도 모르겠구나. 요즘에는 아픈 사람이 너무 많아. 누구도 장담할 수 없는 병이지. 나도 최선을 다할 뿐이란다."

메리 케이트 할머니는 이렇게 말하고 다시 햇빛이 비치는 바깥으로 나갔다. 문 밖에서 할머니는 앞치마 주머니에 손을 넣어 사과 한 알을 꺼냈다. 오래되어 쭈글쭈글한 사과였다. 아이들은 사과를 쳐다보지 않으려고 애썼다. 그러나 할머니는 보란 듯이 사과를 페기에게 주었다.

페기의 눈이 휘둥그레졌다. 에일리는 눈을 깜박거렸다.

"정말 고맙습니다. 하지만 받을 수 없어요⋯⋯. 고맙지만 그럴 순 없어요."

에일리가 말했다.

"지옥의 돌멩이처럼 푸르고 딱딱한 사과야."

할머니는 웃으며 고개를 뒤로 젖혀 이가 빠진 잇몸을 보여 주었다.

"난 어차피 못 먹는단다."

에일리와 페기는 미소를 지었다. 페기는 식구들과 나눠 먹기 위해 사과 한 알을 마치 보물 다루듯이 소중하게 집으로 가져왔다.

저녁 식사는 돼지기름에 옥수수 가루를 녹인 뒤. 누린내를 없애기 위해 양파를 넣어 쑨 옥수수 죽이었다. 사과는 네 조각으로 쪼개 나눠 먹었다. 딱딱하다든지 시다든지 따위의 불평을 하는 사람은 아무도 없었다.

"아빠가 일자리를 구하러 떠나신 지 2주가 지났지만 아무 소식이 없구나."

엄마가 한숨을 쉬며 말했다. 에일리는 엄마의 걱정을 이해할 수 있을 것 같았다. 브리짓은 아프고. 구석에 놓인 낡은 곡식 자루는 날이 갈수록 헐거워졌다.

"앞으로 어떻게 될지. 어떻게 견딜지 모르겠어."

엄마가 고개를 저었다.

"영주님조차도 문을 잠그고 가족과 함께 영국으로 가 버렸다는 소문이 있단다."

그러자 마이클이 입을 열었다.

"좋은 소식이 있어요. 엄마. 제 말 좀 들어 보세요."

가끔씩은 마이클이 이제 겨우 아홉 살이라는 사실이 믿어지지

않을 때가 있었다. 마이클은 아빠의 검고 뻣뻣한 곱슬머리와 엄마의
부드럽고 다정한 파란 눈을 물려 받았다. 마이클은 엄마가 슬퍼하는
모습을 보고 싶지 않았다.

"오늘 팻하고 늪지에 갔어요. 다른 때보다 더 멀리 갔는데, 거기에
아직 다 캐 가지 않은 토탄이 있지 뭐예요. 그래서 내일 팻의 아빠와
같이 가서 잘게 쪼개어 널기로 했어요. 이렇게 날씨가 건조하면 곧 가
져올 수 있을 거래요. 우린 그냥 나르기만 하면 돼요. 근사하지 않아
요?"

엄마가 미소를 지었다.

"댄 콜린스 씨는 누가 보더라도 착한 사람이지."

엄마는 의자에 몸을 묻고 잠시 쉬었다. 에일리는 그 곁에 무릎 꿇
고 앉았다. 페기는 엄마의 무릎 위에 앉았다.

"엄마 어렸을 적 이야기 좀 해 주세요. 어서요. 네?"

아이들이 한 목소리로 엄마를 졸랐다.

"그런 옛날 얘기들. 질리지도 않니?"

엄마가 나무랐다.

"천만에요."

마이클이 딱 잘라 말했다.

"그래. 그래. 알았다."

엄마는 이야기를 시작했다.

"메리 엘런 여사는 엄마의 엄마이자 너희들의 외할머니셔. 에일리는 할머니의 이름을 본따 지은 이름이야. 메리 엘런 할머니에게는 나노와 레나라는 두 자매가 있었단다 ‧‧‧‧‧‧."

잠자리에 안성맞춤인 이야기였다.

# 산사나무 아래서

산들바람이 계속 불었다. 몹시 건조한 날씨였다. 그러던 어느 날 아침. 댄 콜린스 씨가 함께 습지에 가자고 연락을 해 왔다. 페기는 너무 기쁜 나머지 두 발을 동동 구르면서 폴짝폴짝 뛰기까지 했다. 기근과 역병이 퍼진 뒤로 아이들은 대부분의 시간을 집 부근에서만 보내야 했다. 엄마는 아이들이 멀리 가는 걸 허락하지 않았다.

문을 나서자 집집마다 굴뚝에서 연기가 피어오르는 것이 보였다. 그들이 사는 더닌도 예전에는 매우 아름다운 마을이었다. 마음씨 좋은 이웃들도 많았다. 그러나 요즘엔 거의 왕래조차 하지 않았다. 집

집마다 형편이 어려운 것을 부끄러워하며 숨기려고만 하기 때문이었다. 게다가 노래를 하거나 춤을 추거나 수다를 떨기에는 몸도 마음도 지쳐 있었다.

하지만 그날은 달랐다. 에일리와 마이클과 페기는 습지에 가기로 했다. 그들은 지치고 창백해 보이는 엄마에게 손을 흔들며 인사를 했다. 아기 브리짓은 여전히 아팠다. 브리짓은 거의 하루 종일 잠을 자다 엄마가 품에서 내려놓을 때에만 깨서 울었다.

아이들은 각자 토탄을 담을 자루를 들고 갔다. 그리고 점심으로는 물 한 통과 구운 감자, 마른 빵 한 조각을 챙겼다.

팻과 팻의 아버지가 이들을 기다리고 있었다. 댄 콜린스 씨는 약간 곱슬거리는 금발에 덩치가 큰 사람인데, 기분이 좋을 때면 눈이 반짝반짝 빛났다. 그는 대개 들에서 일했다. 그래서 산딸기나 버섯이 자라는 곳을 잘 알고 있었다. 콜린스 씨의 늙은 당나귀 모세의 등에는 빈 광주리가 묶여 있었다.

"이 천방지축 아가씨야, 오늘처럼 화창한 날엔 기운 내서 뒤처지지 말아야 해."

댄 아저씨가 당나귀 등에 빈 자루를 얹으며 농담을 건넸다.

"먼저 가거라. 모세와 나는 알아서 뒤따라갈 테니."

모세는 늙고 기운이 없어서 빨리 뛸 수 없었다.

토탄을 한 군데로 모으는 일을 하면서도 아이들은 실컷 뛰어놀았다. 페기는 엄마에게 줄 앵초를 꺾느라 바빴다.

아이들은 힘에 부치지 않을 만큼만 토탄을 자루에 담았다. 늙은 모세는 이제 짐을 반 정도밖에 지지 못했다.

얼마 가지 않았는데도 덥고 목이 말랐다. 일행은 둘러앉아 찬물을 마시고 가져온 음식을 먹었다. 댄 아저씨는 차를 홀짝이며 감자 케이크를 먹었다. 식사를 마치고 나서 아저씨는 아이들이 옮기던 자루를 번갈아 가며 들어 주었다. 팻은 앞에서 길을 안내하며 모세를 끌고 갔다.

집으로 가는 길은 멀고 힘겨웠다. 들판은 올 때보다 더 돌투성이 길처럼 느껴졌고, 팔과 어깨와 등이 아파 왔다. 일행은 자주 멈춰서 쉬어야만 했다. 페기는 몇 번이나 땅에 주저앉아 더 이상 걸을 수 없다며 울곤 했다. 댄 아저씨는 늙은 모세가 형편없는 다리로 걷고 있는데, 어린 망아지 같은 페기가 못 걸을 리 없다면서 우스갯소리로 페기를 격려했다.

콜린스 씨네 집에 도착하기까지 마치 일 년은 걸린 것 같았다. 이들은 서로 작별인사를 나누었다. 세 남매에게는 반 마일도 안 되는 길이 끝없이 계속되는 것만 같았다. 무거운 자루를 꽉 움켜쥐고 있었기 때문에 마이클의 손에서 쥐가 날 지경이었다. 아이들은 어둑어둑해져서 집에 도착했다.

가장 큰 자루는 불가에 놓고 나머지는 집 밖에서 비웠다. 토탄은 얼마 되지 않았다. 어쩔 수 없이 옛 생각이 났다. 그때에는 아빠가 모아 온 토탄이 지붕에 닿을 정도로 쌓이곤 했었다.

아이들은 문을 열고 집 안으로 들어갔다. 엄마는 불가의 의자에서 브리짓을 안은 채로 졸고 있었다. 엄마의 얼굴은 지쳐 보였다. 울었다는 것을 한눈에 알 수 있었다.

아이들은 새앙쥐처럼 조용히 먹다 남은 귀리죽과 물을 데웠다. 그러고는 모두 기진맥진해서 부리나케 잠자리에 들었다. 팔과 어깨가 아파서 날마다 잠들기 전에 겪던 배고픔조차 느껴지지 않았다.

이따금씩 엄마가 흐느끼는 소리와 브리짓이 기침을 하며 숨을 몰아쉬는 소리가 들려왔다. 마이클은 누이들 사이에 와서 누웠다. 아이들은 함께 손을 잡고 기도했다. 그들이 할 수 있는 기도는 모두 했다.

"하느님, 우리를 도와주세요. 제발 도와주세요."

아이들이 속삭였다.

그날 밤에는 누구도 잠들지 못했다. 기침 소리는 새벽녘이 되어서야 멎었다. 갑자기 사방이 조용해졌다. 엄마가 아기의 얼굴과 손가락 하나하나에 입을 맞추었다.

"하느님, 어서 이 끔찍한 밤이 지나가게 해 주세요."

아이들은 간절히 빌었다.

이윽고 아이들은 엄마가 조용해진 것을 알아차렸다. 조용히 일어나서 다가가 보았더니, 엄마는 굵은 눈물방울을 뚝뚝 흘리고 있었다.

"가 버렸어. 내 귀여운 아기가 가 버렸어."

페기가 울음을 터뜨렸다.

"브리짓. 일어나!"

페기가 울부짖었다.

"브리짓!"

"괜찮아."

엄마가 달래는 목소리로 말했다.

"브리짓은 너무 약해서 이 힘든 세상을 더 이상 버텨 낼 수 없었단다. 자. 보렴. 정말 의젓해 보이지 않니? 이제 브리짓도 편히 쉴 거야."

브리짓의 얼굴은 너무 평온해서 마치 잠들어 있는 것 같았다. 아이들은 엄마가 시키는 대로 친해질 새도 없이 가 버린 여동생에게 차례로 키스했다.

엄마는 이상하리만큼 침착한 얼굴로 아이들을 다시 잠자리로 보냈다.

"마이클. 날이 밝으면 댄 콜린스 씨에게 가서 도일 신부님을 모셔 와 달라고 말해 주겠니? 엄마는 여기 앉아서 우리 아기를 돌봐 줘야 한단다."

조금 뒤. 마이클이 자리에서 일어났다. 얼굴이 창백하고 눈은 충혈되어 있었다. 마이클은 차가운 새벽 공기에 몸을 떨면서 윗도리를 걸쳤다.

엄마는 물을 데운 다음. 수건으로 브리짓의 몸을 닦아 주었다. 그러고는 부드럽게 곱슬거리는 금발머리를 빗기고 또 빗겨 주었다. 에일리는 엄마. 아빠의 침대 밑에서 낡은 나무 상자를 꺼냈다. 그리고 엄마가 시키는 대로 상자를 열었다. 상자 안에 들어 있는 물건이 별로 없었기 때문에. 증조할머니가 만들어 주신 레이스 달린 세례복을 금세 찾을 수 있었다. 레이스는 오래되어 색이 누렇게 변해 있었다. 불과 열 달 전에 브리짓이 이 옷을 입었었다. 브리짓은 너무 약하고 말라서 지금까지도 이 옷이 맞았다. 세례복을 입히자 브리짓은 작고 창백한 천사 같았다.

에일리는 언젠가 시내에 있는 한 상점에서 보았던 프랑스제 도자기 인형을 떠올렸다. 그 인형은 빳빳한 속치마가 딸린 하얀 레이스드레스에 곱슬머리를 찰랑거리며 꼿꼿하게 서 있었다. 얼마나 그 인형을 품에 안고 싶었던가! 그러나 에일리가 지금 느끼는 감정은 그때와는 비교할 수 없을 만큼 슬펐다. 에일리는 가슴이 너무 아파서 브리짓을 안고 다시는 놔 주고 싶지 않았다.

마이클이 돌아왔다. 식구들은 모두 우유를 마신 뒤. 최대한 말쑥하게 차려입고 집안을 정리했다. 이제 곧 댄 콜린스 씨가 신부님을 모셔 올 것이다. 도일 신부님은 좋은 분이다. 신부님은 아빠와 무척 친한 사이라서 말동무를 하러 가끔 집에 들르시고는 했었다. 아빠는 늘 말씀하셨다. 신부가 되는 것은 훌륭한 일이지만 외로운 삶을 살아야 한다고.

정오가 되었는데, 놀랍게도 댄 콜린스 씨와 부인인 키티 콜린스 씨만 도착했다. 키티 아주머니는 오자마자 엄마에게 달려가 뺨에 입맞춤을 했다. 두 사람은 눈물이 그렁그렁 맺힌 채로 아무 말도 하지 못했다.

"정말 안됐어, 마거릿. 불쌍한 브리짓!"

키티 아주머니가 침울하게 탄식했다.

댄 아저씨가 헛기침을 하며 어렵게 말을 꺼냈다.

"나쁜 소식이 또 있어요. 하느님도 무심하시지. 도일 신부님이 앓아 누우셔서 꼬마 아가씨 장례식에 못 오신답니다. 마을 안에 병에 걸려 죽은 사람이 벌써 몇 사람 돼요. 장의사인 시머스 파든도 그 중 하나죠. 그래서 정식으로 장례를 치르기는 어려울 거예요."

마침내 엄마가 목 놓아 울기 시작했다.

"그렇다면 어떻게 되는 거죠? 어떻게 하면 좋아요?"

무거운 공기가 짓눌렀다.

"우리가 좋은 곳에 잘 묻어 주겠습니다."

댄 아저씨가 말했다.

아이들은 대답을 기다리며 엄마를 바라보았다. 엄마는 울음을 멈추고 고개를 끄덕였다.

"뒤뜰에 있는 산사나무 아래가 좋겠어요. 아이들이 늘 뛰어놀던 곳이에요. 꽃송이들이 브리짓의 무덤을 덮어 줄 거예요."

엄마가 탄식하듯 읊조렸다.

댄 아저씨가 마이클을 데리고 집 밖으로 나갔다. 그러고는 삽을 들고 뜰로 사라졌다.

"관도 없구나."

엄마가 쉰 목소리로 중얼거렸다.

키티 아주머니가 집 안을 둘러보며 에일리에게 도와 달라고 했다.

"할머니의 나무 상자로 대신하면 어떨까요?"

에일리가 잠긴 목소리를 가다듬으며 말했다.

키티 아주머니와 에일리는 낡은 침대 밑에서 상자를 꺼내 담요 위에 올려놓았다. 엄마가 침대로 다가와 조용히 고개를 끄덕였다. 키티 아주머니는 식구들이 소중히 간직해 온 물건들을 조심스럽게 꺼내 한쪽으로 치웠다.

그리고 엄마와 함께 장례식 준비를 시작했다. 에일리와 페기는 방해하지 않으려고 조용히 밖으로 나와 들꽃을 꺾었다. 둘은 숨을 깊이 들이쉬며 애써 마음을 달랬다.

댄 아저씨가 돌아와 집 안으로 들어갔다. 몇 분 뒤, 세 명의 어른은 밖으로 나왔다. 키티 아주머니는 엄마의 팔을 잡고 있었고, 댄 아저씨는 나무 상자를 들고 있었다.

산들바람에 꽃잎이 흩날리고, 하늘은 구름 한 점 없이 푸르렀다. 박새 가족이 장례식을 도와주기라도 하려는 듯 나뭇가지에 앉아 있었다.

댄 아저씨와 키티 아주머니가 기도문을 외우기 시작했다. 모두들 '고통받는 어린 양이여, 나에게 오라.' 하던 예수님의 말씀을 떠올리며 간절한 마음으로 기도했다.

'우리 천국에서 다시 만나······.'

에일리와 마이클은 나무 상자 옆에 살며시 꽃을 놓았다. 페기는 온몸으로 흐느끼며 엄마에게 매달렸다. 엄마가 페기의 머리를 쓰다듬어 주었다. 식구들은 도일 신부님이 가장 좋아하는 찬송가를 불렀다. 그러고는 키티 아주머니의 손에 이끌려 집으로 돌아왔다. 키티 아주머니는 어른들이 마실 차를 끓여 머그잔에 가득 따랐다. 그런 다음, 엄마를 불가에 앉히고 먹다 남은 감자 케이크를 덥혔다.

그 뒤로 며칠 동안 엄마는 아무 일도 하지 않고 실내복에 숄만 두른 채로 지냈다. 에일리와 마이클은 물을 길어 오고 집안을 청소하고 음식을 만들었다. 아이들은 아빠가 돌아오게 해 달라고 기도했다. 에일리는 두려웠다. 얼마나 더 이렇게 살아야 할까?

# 식량이 떨어지다

며칠 뒤, 엄마가 아이들을 모두 불렀다. 엄마는 난로에 불을 지핀 다음, 옷매무새를 가다듬고 머리를 틀어 올려 핀을 꽂았다. 그러고는 예쁜 손뜨개 레이스 숄과 회색 레이스 옷깃이 달린 웨딩드레스를 반듯하게 개어 침대 위에 놓았다. 그 드레스는 엄마가 아빠인 존 오드리스콜과 결혼할 때 할머니가 직접 만들어 주신 것이었다.

"에일리, 구운 감자를 나눠 먹으렴. 그리고 이리 와서 앉아라."

아이들은 물을 마시고 나서 감자를 한 입씩 베어 먹었다. 엄마는 빗을 꺼내 페기의 긴 갈색 머리를 빗기기 시작했다.

잠시 후, 엄마는 실내복을 벗고 크림색 원피스를 입었다.

"얘들아. 엄마는 오늘 마을에 다녀올게. 집에 먹을 게 하나도 없거든. 브리짓은 하늘나라로 갔어. 내 손으로 브리짓을 묻었지. 하지만 남은 너희들에게까지 무슨 일이 일어나게 하진 않을 거야. 음식을 구해 와야겠어."

엄마가 말했다.

"하지만, 우린 돈이 없잖아요⋯⋯."

그러다 무슨 생각이 들었는지 에일리가 소리쳤다.

"안 돼요! 그 드레스랑 숄은 안 돼요. 엄마한테 남은 거라곤 그것뿐이잖아요."

"엄마 말 잘 들어. 침대 밑에나 처박아 두는 드레스나 숄이 무슨 소용이 있니? 많지는 않겠지만 어쩌면 귀리나 옥수수 가루 한 자루와 바꿀 수 있을지도 몰라. 우린 날이 갈수록 몸이 약해지고 있어. 제대로 먹지 않으면 병에 걸릴 거야. 페기의 눈이 금방이라도 튀어나올 것 같고 팔다리도 꼬챙이처럼 말라 가는 걸 엄마가 모를 줄 알았니? 그리고 우리 꼬마 신사 마이클. 네가 광주리를 들고 멀지도 않은 강가로 고기 잡으러 갈 힘조차 없다는 걸 엄마가 모를 것 같니? 그리고 내 사랑하는 딸 에일리. 넌 이 모든 걸 염려하느라 지쳐 가고 있잖아. 그러니 지금부터 엄마 말 잘 들어. 불을 절대로 꺼뜨리지 말고 물을 길어다 놓거라. 그리고 집 안에만 있어야 한다. 댄 콜린스 씨가 그러는데, 역병이 사방에 퍼져서 사람들이 피난을 가고 있대. 될 수 있는 대로 빨리 돌아올 테니까 빗장을 단단히 걸고 있어야 한다."

"엄마, 제발 저도 데려가 줘요."

에일리가 애원했다.

엄마는 고개를 가로저으며 집에 있으라고 했다. 그런 다음, 바구니에 물건을 챙겨 넣고 숄을 둘렀다. 화창하고 따뜻한 아침이었다. 들판에는 들국화가 잔뜩 피어 있었고, 키 작은 나무들이 덩굴과 어우러져 늘어서 있었다. 아이들은 밖에 나가 놀고 싶은 마음이 굴뚝같았지만, 엄마의 말을 거스를 수 없었다. 아이들은 손을 흔들어 인사를 했다.

페기는 시무룩해져서 먹지도 않고 계속 짜증만 냈다. 마이클은 새로운 놀이로 페기를 달래 보려 했지만, 에일리는 어서 숟가락을 들라고 페기를 야단쳤다. 페기는 뾰로통해져서 화를 내다가 아예 침대에 누워 버렸다.

그때, 현관으로 다가오는 발자국 소리가 들렸다. 엄마가 이렇게 일찍 돌아온 것일까? 에일리는 곡식 자루를 들어 드려야겠다고 생각하고 얼른 일어섰다. 그러나 밖에서 나는 소리는 낯선 사람의 목소리였다. 아이들은 멈칫한 채 조용히 귀를 기울였다.

"은혜를 베풀어 주세요. 가엾은 여인과 아이가 잠시 쉬며 물 좀 얻어 마시게 해 주세요."

간절한 목소리가 바로 문 밖에서 들려왔다.

"몇 마일이나 걸어왔어요. 다리도 너무 아프고 목도 말라요. 조금만 도와주세요."

에일리가 문 쪽으로 다가가려 하자, 마이클이 얼른 에일리의 팔을 잡았다.

"엄마가 하신 말씀 잊었어? 대답하지 마."

마이클이 소곤거렸다.

낯선 이들은 이제 문을 쾅쾅 두드렸다. 마이클은 재빨리 토탄 광주리와 의자를 가져다가 문 앞을 막았다. 에일리와 페기는 겁에 질려 아무 말도 못하고 그냥 침대에 걸터앉았다. 집 안에 아이들만 있다는 걸 들킨다면 어떤 일이 벌어질지 알 수 없었다.

"안 들려요? 조금만 도와주세요."

여인이 목소리를 높였다.

대답이 없자, 여인은 욕을 하기 시작했다. 그러다가 토탄 몇 개를 집어 문에다 던졌다.

"집 안에 가져갈 만한 게 있을지도 몰라."

아들이 말했다.

아이들은 낯선 이들이 집 안에 들어오면 무슨 일이 생길지를 상상하며 하얗게 질려서 서로를 바라보았다.

그때 갑자기 마이클에게 좋은 생각이 떠올랐다.

"아이고 하느님, 감사합니다. 누군가 와 주었군요. 도와주세요. 은혜를 베풀어 주세요. 우물에 가서 물 한 통만 길어다 주세요. 여동생은 열이 심하고, 저는 목과 머리가 불에 타는 것 같아요."

마이클이 앓는 소리를 내며 말했다.

에일리가 얼른 손을 뻗어 웃음이 터지려는 페기의 입을 막았다. 밖에서 두 사람이 수군거리는 소리가 들렸다.

"지난주에 막내 동생을 땅에 묻었어요. 마을 사람들 절반이 열병으로 죽어 가고 있어요. 제발 은혜를 ……."

마이클이 부들부들 떠는 목소리로 말했다.

여인이 문에서 몇 발자국 멀어지며 말했다.

"우리는 너희를 해칠 생각이 없어. 우린 계속 길을 가야 하지만, 하느님께서 너희들을 돌봐 주실 거다. 가자. 얘야. 이 병든 마을을 어서 벗어나야 해."

두 사람은 다시 짐 꾸러미를 들고 길을 떠났다.

위험한 순간이 지나갔다는 것을 확인한 아이들은 서로 부둥켜안았다.

"대단해! 마이클. 넌 정말 기발한 애야. 어떻게 그런 생각을 했니? 네 덕분에 살았어."

에일리가 안도의 숨을 내쉬며 말했다.

마이클의 얼굴이 귀까지 빨개졌다.

"사람들은 돈을 내고서라도 네 연기를 보려고 할걸. 네가 배우가 된다면 유명해질 거야."

에일리는 계속 마이클을 칭찬했다.

예기치 않은 사건 덕분에 페기도 기분이 좋아졌다. 페기는 용감한 오빠에 관한 노래를 지어 부르며 집 안을 뛰어다녔다.


해가 지고 하늘이 어둑어둑해지는데, 또다시 문 두드리는 소리가 났다. 아이들은 모두 얼어붙은 것처럼 숨을 죽였다. 서로의 심장 소리가 들릴 정도였다.

"나야. 애들아. 엄마야."

아이들은 번개처럼 잽싸게 문을 열고 달려 나가 그대로 엄마에게 매달렸다. 한편으로는 반가워서, 또 한편으로는 안심이 되어서였다.

"잠깐만 기다려, 애들아. 엄마가 뒤로 넘어가겠다. 잠깐 숨 좀 돌리고."

엄마는 간신히 아이들을 떼어 냈다. 꾸러미 몇 개를 들고 있는 엄마는 무척 지쳐 보였다. 머리는 풀려 얼굴 옆으로 늘어뜨린 채였다.

"엄마. 엄마의 머리핀이……. 그 예쁜 핀들이 없어졌어요."

에일리가 소리쳤다.

"너희 아빠는 내가 머리를 길게 늘어뜨린 것을 더 좋아했어. 그래야 머리카락 사이로 햇빛과 바람이 잘 통한다고 말야. 그래, 이제 아빠 뜻대로 되었구나."

엄마가 애써 미소를 지으며 말했다.

"뭘 얻어 왔어요?"

페기는 꾸러미들 안에 무엇이 들어 있는지 궁금해 했다.

엄마는 그것들을 탁자 위에 놓더니 하나씩 천천히 풀었다. 예전 같으면 아이들은 엄마가 마을에서 얻어온 것 따위엔 눈길도 주지 않고 밖에 나가서 뛰어 놀았을 것이다. 그러나 지금은 꾸러미 안에 들어 있는 식량에 가족의 생계가 걸려 있었다.

가장 큰 자루 안에는 귀리가 들어 있었다. 또 잿빛 감자들이 든 자루 하나와 돼지비계 한 통. 소금 몇 봉지, 그리고 조각내어 말린 소고기가 있었다. 그리 많은 양은 아니었다.

아이들의 실망한 기색을 눈치 챈 엄마가 얼른 덧붙였다.

"옥수수 가루를 담은 자루는 너무 커서, 댄 콜린스 씨가 가져다 주실 거야. 콜린스 씨에겐 당나귀 모세가 있으니까."

어색한 침묵이 감돌았다.

"엄마. 대단해요. 정말 대단해요."

에일리는 일부러 큰 소리로 외치고. 엄마의 목을 껴안으며 입을 맞췄다. 에일리는 물을 끓였다. 누가 뭐래도 엄마는 차 한 잔을 마실 자격이 충분했다.

"돼지비계를 굽고, 말린 소고기도 조금씩 먹자."

엄마는 아이들의 기분을 바꿔 주려고 애썼다. 그러다가 갑자기 생각난 듯 앞치마 주머니에 손을 넣어 뭉개진 양초 네개를 꺼냈다. 엄마는 초 하나에 불을 붙여 식탁에 놓고, 나머지는 찬장에 넣었다.

부드러운 황금색 불빛이 토탄으로 따뜻하게 불을 지핀 이 작은 오두막을 은은하게 밝혀 주었다. 이런 게 바로 집이다. 안전하고 안락한 집. 돼지비계 굽는 냄새까지 더해져 마치 옛날로 돌아간 듯했다. 페기는 엄마의 무릎 위에 앉아 가냘픈 얼굴을 엄마의 가슴에 묻었다.

"엄마가 어렸을 때 얘기해 주세요."

엄마는 페기의 머리에 입을 맞추고, 마이클과 에일리에게 불가에 앉으라고 했다. 몸은 피곤했지만, 그 시절을 떠올리니 기분이 좋아졌다.

"엄마가 여덟 살 되던 생일날 이야기를 해 줬던가? 그 시절은 정말 하루하루가 아름다운 날들이었단다. 엄마의 엄마, 그러니까 너희 외할머니가 세상에게 제일 멋진 드레스를 만들어 주셨어. 회색 바탕에 옅은 핑크빛 장미 봉오리들이 수놓인 면 드레스였지. 등 뒤에 단추가 있고 목 위까지 올라온 옷깃엔 레이스 주름이 달려 있었어. 레이스 장식을 단 속치마도 있었지. 생일 전날에는 가게를 하는 나노 이모와 레나 이모에게 차를 마시러 와 달라고 부탁하셨어.

엄마는 지금도 눈에 선하단다. 이모들이 빳빳하게 풀을 먹인 하얀 앞치마를 두르고 가게 안에 서 있던 모습이 말야. 진열대에는 과일과 갓 구운 빵과 과자 들이 잔뜩 진열되어 있고, 찬장에는 잼들이 가득 차 있었지. 귀족이든 농부든 먼 길을 사양치 않고 와서 과자나 설탕 절임 같은 것들을 사 갔단다. 장날에는 너무 바빠서 가게 안에 발 디딜 틈조차 없을 정도였지. 어쩌다 우리가 가게에 들어가 보면 이모들은 볼이 벌겋게 달아올라 있었어. 우리 어머니는 이모들에게 눈짓을 하시곤 했지.

생일날 아침엔 부모님이 커다란 선물 꾸러미를 주셨단다. 아직도 손에 잡힐 듯 생생하구나. 포장지를 뜯어보니 예쁜 인형이 들어 있었어. 얼굴과 머릿결이 단정한 나무 인형이었지. 그런데 세상에! 그 인형이 나와 똑같은 옷을 입고 머리에도 똑같이 분홍 리본을 하고 있는 거야. 얼마나 근사하던지!

그 다음엔 아주 특별한 티파티를 열었단다. 키티 이모와 네 명의 사촌들도 와 주었어. 그리고 조금 뒤 나노 이모와 레나 이모도 도착했어. 아주 특별한 케이크를 손에 들고 말야. 설탕을 입히고, 그 위에 작고 사랑스러운 제비꽃 장식을 얹은 케이크였어. 정말이지 그렇게 멋진 케이크는 본 적이 없단다. 우린 모두 박수를 쳤지. 나노 이모가 케이크를 굽고 레나 이모가 장식을 했다고 하더구나. 두 분은 정말 잘 어울리는 한 쌍이야. 그리고 조금 있다가 아버지가 바이올린을 꺼내 오셨지. 우리들은 춤을 췄어. 외삼촌들도 그날만큼은 양처럼 순해져서 저녁 내내 싸우거나 큰소리를 내지 않았단다. 키티 이모는 엄마에게 춤을 가르쳐 주셨어."

엄마는 말을 멈추었다. 가냘픈 얼굴들이 일제히 그녀를 쳐다보았다. 엄마는 마른침을 꿀꺽 삼켰다. 이 아이들에게도 그런 날이 올까? 이들의 삶은 너무나도 가혹했다.

"얘들아. 기대하렴. 식사 준비가 다 되었단다."

그들은 마음껏 즐기면서 음식을 들었다. 감자가 너무 뜨거워서 혀를 데일 정도였지만 아랑곳하지 않았다. 바삭바삭하게 구운 감자를 먹고 나서는, 큰 컵에 우유를 따라 소금에 절인 마른 소고기를 적셔 먹었다. 이 얼마나 성대한 만찬인가! 디저트 같은 건 없어도 좋았다.

에일리와 마이클이 그릇을 치우는 동안. 엄마는 페기가 자려고 옷을 벗는 걸 거들어 주었다. 벽난로의 불빛이 잦아들자 벽에 촛불 그림자가 어른거렸다. 엄마는 마이클의 무용담을 듣고 몹시 웃었다. 그리고 현명하게 잘 처리했다며 아이들을 칭찬했다. 페기가 꾸벅꾸벅 졸기 시작했다. 엄마는 페기를 침대로 데려가 눕힌 다음. 다시 의자로 와서 앉았다.

"엄마. 마을은 어때요?"

에일리가 물었다. 저녁 내내 엄마가 왜 그 얘기를 피하는지 에일리는 궁금했다.

"도대체 세상이 어떻게 되려는지 모르겠구나! 마을 사람의 반은 열병으로 죽어 가고. 나머지 반은 집을 버리고 떠났단다. 일거리와 먹을 것을 찾아서 떠나기도 했지만. 무작정 피난길에 오른 사람들도 있어. 오브라이언 가족도 모두 떠났어."

"피난을 떠났다는 뜻이에요. 엄마?"

에일리가 끼어들었다.

"아니. 그들은 모두 땅에 묻혔어. 다섯 아들과 세상에서 제일 친절한 메리 아줌마까지. 코너 가족과 킨셀러 가족도 다른 곳으로 갔어. 넬 킨셀러 씨에겐 저축해 놓은 돈이 꽤 있었기 때문에 가족 모두가 미국으로 갔지. 코너 가족이 어디로 갔는지는 아무도 몰라. 프랜시 오헤이건 씨는 포목점을 닫았어. 아이들에게 먹일 음식도 없는데. 누가 레이스나 옷감 따위를 사겠냐고 하더라.

옷과 가구와 잡동사니 들이 가득한 팻시 머피 씨네 잡화점은 사람들이 너무 많아 줄을 서서 기다려야 할 정도였어. 바꿀 물건도 없고 돈도 없는 여자가 왔는데. 팻시 아저씨는 마음씨가 좋아서 옥수수 가루를 몇 봉지 쥐어 줬지. 엄마는 아저씨랑 흥정을 해야 했어. 아저씨는 정말 잘 짠 레이스라며 할머니의 손재주를 단번에 알아봤지. 하지만 드레스를 팔기 위해서는 머리핀을 얹어 줘야 했어.

마을을 아무리 둘러봐도 개구쟁이 녀석들은 한 명도 보이지 않더구나. 가축들도 안 보이고. 엄마가 본 거라곤 팻시 아저씨의 수레를 끄는 말과 댄 아저씨의 늙은 모세뿐이었어. 개들도 사라져 버렸단다.

불쌍한 도일 신부님은 병세가 악화돼서 일주일째 일어나지 못하고 있어. 그 집 가정부인 애니 아줌마는 며칠 전에 세상을 떠났다는구나.

남자들 몇 명이 머시 패럴 씨네 집에 모여 불을 쬐고 있었는데. 흑맥주 한 잔 마셔 본 사람이 없다더구나. 거기서 코니 이건 씨를 만났지. 불쌍하게도 뼈밖에 남은 게 없었어. 아무도 도로 공사 일에 고용해 주지 않아서 빈털터리가 되어 버린 거야. 코니 씨 말로는 마을에서 30킬로미터 정도 떨어진 곳에서 공사가 진행 중이래. 많은 남자들이 거기서 일하고 있다는구나. 너희 아빠도 아마 그곳에 있을 거래. 아빠가 그렇게 가까운 곳에서 일하고 있다니 아무래도 엄마는 아빠가 무사한지 한번 가 봐야겠어. 아빠는 브리짓이 어떻게 됐는지. 집안 형편은 어떤지 아무 것도 모르시잖니.

할 말이 너무 많구나. 에드워드 라이언 경은 가족과 함께 영국으로 돌아갔어. 저택도 문을 닫고 매그 할머니 부부만 남아서 저택을 돌보고 있단다. 시몬스 씨가 농장과 토지를 전부 맡았어. 우리가 농사짓는 땅도 이제 그 사람에게 달렸지. 톰 달리 씨가 시몬스 씨의 오른팔이거든. 나머지 하인들은 다 떠나도 좋다고 했대. 댄 아저씨의 딸 테레사와 아들 도널은 다시 집으로 돌아왔다는구나. 마을을 떠나도 갈데가 없었기 때문이지. 세상이 온통 돌아 버렸어. 생각해 보렴. 이렇게 아름다운 나라에서 사람들이 굶어 죽고 있고. 아이들이 배를 곯다니. 남자 여자 할 것 없이 유령처럼 거리를 떠돌면서 모두 열병에 걸릴까 봐 두려워하고 있어. 하느님께서는 우리를 잊어버리신 걸까?"

에일리는 등줄기에 소름이 끼쳤다. 언제나 상냥한 엄마가 이렇게 말이 많고 언짢아 보이기는 처음이었다. 에일리는 무슨 말을 해야 할지 몰랐다.

"그럼 아빠가 살아 계시면 돈이랑 음식이랑 필요한 것들을 모두 가지고 집으로 돌아오시겠네요?"

마이클이 불쑥 끼어들었다.

"마이클. 도로 공사는 아주 먼 곳에서 하고 있단다. 아주 힘들고 고된 일이야. 네 아빠는 강한 분이지만 바위를 부수는 건 정말 험한 일이지. 아빠는 우리를 위해 최선을 다하고 계실 거야. 그건 엄마가 약속할 수 있어. 너만 아니라 우리 모두 아빠가 보고 싶단다. 오늘은 잠자리에 들기 전에 아빠를 위해 기도드리자."

엄마는 이렇게 말하고 밖으로 나갔다. 에일리도 엄마를 따라 나갔다. 칠흑처럼 어두운 밤하늘에 수많은 별들이 빛나고 있었다.

"저는 이따금 하느님이 세상에서 일어나는 일을 다 알고 계신지 궁금해요. 세상은 너무 넓고 크잖아요."

에일리가 속삭였다.

엄마는 걸치고 있던 숄을 에일리의 어깨에도 둘러 주었다.

"나도 네 맘을 알겠어. 에일리. 엄마도 궁금하단다. 그래도 하느님께서 하시는 일을 우리가 전부 이해할 수는 없겠지. 사는 게 왜 이렇게 힘든지 도저히 알 수 없을 때가 있지만. 우리는 언제나 서로에게 최선을 다하면서 살아가면 되는 거야."

쌀쌀한 밤공기가 느껴지자 엄마는 숄로 에일리의 어깨를 더 단단히 감쌌다. 에일리는 엄마가 이렇게 가깝게 느껴지는 게 처음이었다.

# 홀로서기

그 뒤 며칠은 바쁘게 지나갔다. 마이클은 팻과 그의 형 도널과 함께 강에 낚시를 하러 가서 하루 종일 돌아오지 않았다. 저녁 무렵 집으로 돌아온 마이클은 속옷까지 흠뻑 젖어 이를 덜덜 떨었다. 그러나 마이클이 품에서 커다란 송어 한 마리를 꺼내자 식구들은 모두 감탄했다. 식구들은 이틀 동안 그 송어를 먹었다.

에일리와 엄마는 댄 콜린스 씨가 가르쳐 준 대로 이틀 동안 아침 일찍 일어나 오래된 목장에 다녀왔다. 그곳에는 야생 버섯들이 많이 자라고 있었다. 양파를 넣은 옥수수 죽에 버섯을 넣으니까 그럭저럭 먹을거리가 되었다. 남은 버섯은 메리 케이트 할머니에게 보냈다. 메리 케이트 할머니는 버섯을 말려 여러 가지 약에 넣는다. 할머니는 고마워하면서 유일하게 남은 염소인 내니에게서 짠 젖 한 통을 보내왔다.

엄마는 안절부절 못하며 날마다 길에 나가 한참을 서 있곤 했다. 엄마가 터벅터벅 집으로 돌아올 때면 눈에 눈물이 고여 있었지만 아이들은 애써 못 본 척했다. 그렇게 닷새가 지난 어느 날, 엄마는 드디어 아빠를 찾아 나서겠다고 말했다.

"엄마가 공사 현장으로 가서 무슨 일이 일어났는지 알아봐야겠어. 어쩌면 아빠가 아파서 돌아오시지 못하는 건지도 모르잖니. 이젠 더 이상 바꾸거나 팔 것도 없단다. 누가 도와주지 않으면 살아갈 수가 없어. 다른 방법이 없구나. 하루나 이틀 정도면 다녀올 수 있을 거야."

에일리는 엄마가 떠난다는 사실에 충격을 받았지만, 그 결정을 따르기로 했다.

"댄 아저씨와 키티 아주머니가 너희들을 돌봐 주실 거야. 그렇지만 그 집에서 지낼 순 없어. 테레사가 기침을 하거든. 만에 하나라도 조심해야지. 당분간 먹을 음식은 충분할 거야."

두어 시간이 지난 뒤, 엄마는 두꺼운 숄을 걸치고 주머니에 약간의 음식을 넣은 다음 길을 나섰다. 아이들은 큰길 어귀까지 엄마를 배웅했다. 엄마는 아이들을 차례로 안아 주었다.

"마이클. 믿음직스런 내 아들!"

엄마가 마이클의 머리카락을 헝클어뜨리며 말했다.

"우리 꼬마 엄마 에일리, 그리고 우리 아가 페기. 하느님, 이 아이들을 지켜 주세요!"

에일리가 보기에도 마이클은 불안해하고 있었다. 입술을 하도 깨물어서 피가 날 지경이었다. 페기는 마치 들고양이 같았다. 엄마에게 찰싹 붙어서, 떼어내려 하자 소리 지르며 발버둥쳤다. 덕분에 마이클과 에일리가 페기의 허리를 꽉 붙잡고 있어야만 했다. 페기는 이제 엉엉 울다가 결국 지쳐서 땅바닥에 쓰러졌다. 마이클과 에일리는 반쯤은 부축하고 반쯤은 질질 끌며 페기를 집으로 데려왔다. 페기의 얼굴은 눈물범벅이 되어 있었다. 에일리는 페기의 마음을 이해했다. 한편으로는 자기도 페기처럼 어리광을 피우고, 울면서 보채고 싶었다. 그러나 에일리는 만 열두 살이었다. 큰언니로서 엄마의 자리를 대신해야만 했다. 날이 저물도록 페기는 에일리를 그림자처럼 따라다녔다. 아이들은 일찍 잠자리에 들었다. 담요를 덮고 서로 꼭 껴안았다.

"엄마가 보고 싶어. 지금 바로 돌아왔으면 좋겠어."

페기가 훌쩍거렸다.

"이제 그만 자렴."

에일리가 페기를 달랬다.

"이야기 들려줘. 언니."

"난 이야기 같은 건 잘 못해."

"엄마 어렸을 때 이야기해 줘. 이모할머니 얘기라도."

페기가 애원했다.

에일리는 머리를 쥐어짜다가 이윽고 미소를 지었다.

"너, 두 이모할머니가 왜 결혼을 안 하고 노처녀로 늙으셨는지 아니?"

에일리가 이야기를 시작했다.

페기는 에일리에게 몸을 기대었다.

"그러니까 이모할머니들이 아직 농장에서 사실 때의 일이야. 가게를 시작하기 전이지. 그때 이모할머니들은 테드 도널리라는 젊고 잘생긴 농부를 알게 되셨대. 그 분은 이모할머니들 오빠의 친구셨지. 그런데 테드 아저씨는 두 이모할머니를 똑같이 좋아하셨대. 서로 정반대의 사람들인데 말야. 나노 할머니는 갈색 곱슬머리에 키가 작고 통통했고, 레나 할머니는 검은 생머리에 키가 크고 마르셨거든. 테드 아저씨는 두 이모할머니에게 구애를 하기 시작했어. 그 아저씨는 큰 농장의 외아들이셨지.

어쨌든 이모할머니들은 둘 다 그 아저씨와 결혼하기로 결심하셨대. 나노 할머니가 먼저 그 아저씨를 집으로 초대하셨어. 할머니는 근사하게 식탁을 차리셨어. 고기 파이에, 빵에, 사과잼을 얹은 과자에, 과일 케이크까지 준비하셨지. 하지만 그 다음 주엔 레나 할머니

40

가 그 아저씨와 함께 소풍을 가셨어. 레나 할머니도 닭 요리에, 갓 구운 빵과 달콤한 케이크 같은 근사한 음식들을 잔뜩 준비해 가셨지. 그렇게 한 주가 지나고 또 한 주가 지났어. 테드 아저씨는 계속해서 농장에 드나들었고, 이모할머니들은 번갈아 가며 그 아저씨를 위해 케이크를 만드셨대. 이모할머니들은 아저씨의 어머니까지 농장에 초대하셨지.

그런데 이상한 일이 벌어졌어. 테드 아저씨가 몇 주 동안 코빼기도 안 비치신 거야. 그 뒤 이모할머니들의 오빠인 피더 할아버지가 와서, 아저씨가 넬리 도노번이라는 여자와 결혼했다고 알려 주셨지. 그 여자는 요리도 바느질도 할 줄 몰랐지만 테드 아저씨에게는 이상적인 신부감이었다나?

두 이모할머니는 며칠 동안 크게 상심하셨대. 그러다가 어느 월요일 오후에 이모할머니들은 중대 발표를 하셨지. 캐슬태거트 시내에 시장에서 가까운 빈 가게를 하나 점찍어 두었는데, 자기들 몫의 재산과 저축한 돈으로 그 가게를 빌려 점포를 여시겠다고 말야. 증조할아버지는 무슨 말을 해야 할지 몰라서 입을 열었다 다물었다 했지만, 고집 센 두 딸의 마음을 바꿀 수는 없으셨어.

'결혼은 우리에게 맞지 않아요.'

이모할머니들은 이렇게 말했어. 그리고 그 뒤로도 오랫동안 누가 남자 얘기를 꺼내면 이렇게 중얼거렸대.

'테드 도널리를 생각해 봐. 잘생긴 아들을 다섯 명이나 낳았지만, 지금 그의 집은 이 근방에서 가장 더럽고 누추하잖아.'"

에일리는 이야기를 멈추고 동생들을 내려다보았다. 페기의 눈은 감겨 있었고, 마이클은 담요로 몸을 돌돌 말고 웅크린 채 잠들어 있었다.

다음 날도 아이들은 하루종일 엄마를 기다렸지만, 엄마는 돌아오지 않았다.

에일리가 한창 식사 준비를 하고 있는데, 집 쪽으로 다가오고 있는 말발굽 소리가 다그닥다그닥 들려왔다. 아이들은 말을 탄 사람이 감독관인 시몬스 씨라는 걸 알아차렸다. 시몬스 씨는 영주를 대신해 소작농들을 관리하고 있었다. 그의 곁에는 조수인 톰 달리 씨가 있었다. 도대체 무슨 일일까? 아이들은 잠자코 기다렸다.

"문 열어요. 열지 않으면 부수겠습니다."

시몬스 씨가 소리쳤다.

에일리가 일어나 빗장을 열었다. 어쩌면 엄마 소식을 알 수 있을 지도 몰랐다.

두 동생은 에일리 뒤에 숨었다.

"어머니와 아버지는 어디 계시지?"

시몬스 씨가 다그치듯 물었다.

에일리는 겁이 났다.

"잠깐만요. 너무 다그치지 마세요. 이 집은 존 오드리스콜의 집입니다. 네가 맏딸 엘렌이지?"

톰 달리 씨가 아이들을 안심시키며 물었다.

"죄송하지만 전 에일리예요."

에일리는 겨우 이 말밖에 할 수 없었다.

"부모님이 열병을 앓고 계시니? 이 집에 죽은 사람은 없어?"

시몬스 씨가 물었다.

"아뇨. 부모님은 무사하세요. 하지만 얼마 전에 아기 브리짓이 죽었어요. 아빠는 도로 공사 하는 곳으로 일하러 가셨어요. 사람들이 그러는데. 마을에서 멀리 떨어진 곳에 계시대요."

에일리가 대답했다.

"너희 어머니는 어디 계시니?"

달리 씨가 물었다.

에일리는 달리 씨를 쳐다보았다. 대부분의 마을 사람들은 그가 착한 사람이라고 말했다. 그는 종종 가난한 소작농 편에 서서 시몬스 씨나 라이언 경에게 소작농들의 의견을 전해 주기도 한다고 했다. 그의 얼굴은 불그스름했다. 아무리 잘 차려 입어도 속마음은 여전히 농부일 것이다.

"엄마는 아빠를 찾으러 가셨어요. 지금은 제가 집을 보고 있어요.

내일쯤이면 돌아오실 거예요."

달리 씨와 시몬스 씨는 다시 말에 올랐다.

"영주님 가족은 이 저주받은 땅을 떠나 영국으로 돌아가셨다. 이제 이곳엔 일거리라고는 없어. 난 소작농의 집을 모두 조사해서 어른이나 생계 수단이 없는 집은 빈민 수용소로 보내라는 명령을 받았어. 너희 어머니께는 내일 다시 들르겠다고 전하렴. 어머니가 돌아오지 않으면 너희들은 더 이상 이 집에 있을 수 없으니 떠날 준비를 해야 해."

두 사람은 말 머리를 돌렸다. 에일리의 얼굴이 벌겋게 달아올랐다. 에일리는 두 사람이 말을 타고 가면서 자기들 얘기를 하고 있다는 것을 알 수 있었다.

"수용소라니 무슨 소리야, 누나?"

마이클이 근심이 가득한 얼굴로 물었다.

"엄마는 곧 돌아오실 거야. 그러니까 걱정할 필요 없어."

에일리가 단호한 표정으로 말했다.

시간이 느릿느릿 흘렀다. 밤이 되었지만 엄마에게서는 아무런 소식도 없었다. 에일리는 걱정이 되어 한숨도 잘 수 없었지만 동생들에게는 전혀 그런 내색을 하지 않았다. 밤이 되자 세찬 비가 내렸다. 빗줄기가 지붕을 때리고 문틈으로 스며들었다.

"하느님, 엄마를 도와주세요. 이런 빗속에서 헤매지 않게 해 주세요."

에일리는 간절히 기도했다.


다음 날은 한 시간 한 시간이 일 년 같았다. 모두들 어떤 일도 손에 잡히지 않았다. 정오가 되자 톰 달리 씨가 왔다.

"아무 소식 없니, 에일리?"

달리 씨가 물었다. 에일리는 아무 말도 하지 못하고 고개만 끄덕였다.

"너도 알지? 시몬스 씨는 아이들 셋만 집에 남아 있게 하지 않을 거다. 당분간 먹을 음식은 있을지 모르지만 그 뒤엔 어떻게 할 거니? 이렇게 끔찍한 시절엔 수용소도 그리 나쁜 곳은 아니란다. 난 못 볼 광경도 많이 봤어. 많은 사람들이 집을 떠날 거야. 우리는 내일 정오쯤에 출발한단다. 준비해 두렴, 에일리. 나도 애석하게 생각하지만, 달리 방법이 없단다."

달리 씨가 말을 마쳤다.

달리 씨가 떠나자마자 에일리는 집 안으로 뛰어 들어가 침대에 몸을 던졌다. 쉴 새 없이 몰아치는 불행의 파도 때문에 눈물이 넘쳐흘러서 숨쉬기조차 힘들었다. 페기와 마이클은 눈을 동그랗게 뜨고 서서 에일리를 지켜보았다. 맏이인 에일리가 감정을 자제하지 못하고 울음을 터뜨리자, 두 아이는 덜컥 겁이 났다. 동생들이 두려워하고 있다는 걸 눈치 챈 에일리는 그제야 울음을 그쳤다.

엄마와 아빠가 다 돌아가셨을지도 모른다는 끔찍한 생각이 에일리의 머릿속을 어지럽혔다. 최악의 상황이 벌어지지 않는 한 부모님이 자기들을 잊어버릴 리가 없다고 에일리는 생각했다. 하지만 동생들에게는 이런 생각을 숨겨야 했다. *희망이 필요하니까!* 브리짓이 죽었을 때, 그리고 엄마가 집을 떠났을 때 페기가 얼마나 슬퍼했는지를 에일리는 생생하게 기억하고 있었다. 에일리는 정신을 차리려고 애썼다.

"난 괜찮아. 물 한 잔만 갖다 줘. 마이클."

에일리가 눈물을 훔치고 코를 닦으며 말했다.

"아까 얘기는 무슨 뜻이야, 누나?"

마이클은 걱정이 되었는지 얼굴까지 하얘졌다. 커다란 두 눈에는 두려움이 가득했다.

"나도 몰라. 모르겠어. 아마 엄마와 아빠한테 무슨 일이 생겨서 며칠 늦어지시는 걸 거야."

에일리가 동생들을 안심시켰다.

"하지만 누나. 수용소라잖아! 거기로 가면 우리들은 흩어져야 할 거고, 엄마 아빠와도 못 만나게 될 거야. 댄 아저씨가 그러셨어. 수용소는 병균이 득실거리고, 한 걸음 뗄 때마다 사람들의 비명 소리가 들리는 곳이라고. 난 안 갈 거야. 누가 뭐래도 안 가."

마이클이 완강하게 말했다.

"오빠가 안 가면 나도 안 가."

페기도 굳은 표정으로 마이클의 손을 잡았다.

에일리는 마음이 무거워졌다.

"그럼 어디로 가? 우린 이 집에 있을 수 없어."

"친구네 집은 어때? 아니면. 댄 아저씨 댁이나 메리 케이트 할머니 댁은?"

마이클이 물었다.

"마이클. 제발 생각 좀 해 봐."

에일리가 말했다.

"댄 아저씨는 좋은 분이지만. 테레사가 열병에 걸렸잖아. 게다가 아줌마도 편찮으시고. 군식구가 셋이나 더해지면 그 집은 어떻게 먹고사니? 그리고 메리 케이트 할머니는 착한 분이지만 집이 너무 작아. 그 집은 할머니랑 염소 내니. 그리고 늙은 개 팅커가 겨우 사는 정도라고."

모두 조용해졌다.

"그럼 친척 집은 어때?"

페기가 불쑥 말을 꺼냈다.

에일리와 마이클은 페기를 돌아보았다.

"하늘나라에 계신 할머니. 할아버지 말고. 키티 이모할머니에 대해서는 아는 게 없지만. 케이크를 굽던 이모할머니들이 있잖아. 언니가 저번에 얘기해 줬던 할머니들이라면 우리를 받아주실 거야."

페기가 제법 의젓하게 말했다.

"캐슬태거트에 계신 나노와 레나 이모할머니 말이야? 하지만 거긴 너무 멀어. 우리 셋이서 그렇게 먼 곳까지 어떻게 가? 할머니가 병에 걸려 돌아가셨을 때. 엄마는 조랑말을 타고도 며칠이나 걸렸어. 하지만 우리는 걸어가야 하잖아. 그러니 몇 주가 걸릴지도 몰라. 그리고 길은 어떻게 찾니? 이모할머니들께 무슨 일이 생겼을 수도 있고."

에일리는 태연한 척 말하려고 애썼다.

"그래도 수용소보단 낫잖아. 우리 친척이니까. 그리고 엄마와 아빠가 우리를 찾으러 올 수도 있어. 누나. 우린 함께 있어야 해."

마이클이 말했다.

그날. 에일리는 말끔하게 집안을 정돈했다. 동생들의 머리도 감기고, 빗질도 해주었다. 아이들은 불가에서 머리를 말리고 일찍 잠자리에 들었다.

동이 트자마자 에일리는 침대를 박차고 일어나 문으로 달려갔다. 혹시 자는 동안 엄마가 왔지만 들어오지 못하고 있을지도 모르니까. 그러나 밖은 고요했다. 풀잎 하나 흔들리지 않았다. 저 멀리 여우 한 마리가 들판을 가로질러 가는 모습이 보였다. 여우의 입에는 토끼가

축 늘어져 있었다. 새들이 지저귀기 시작했다. 또 새로운 하루가 시작된 것이다. 에일리는 좁다란 길을 걸어 나가 집을 돌아보았다. 지붕을 엮은 이엉은 빛이 바래 있었고 문 밖에는 펑퍼짐한 돌 두 개가 놓여 있었다. 후덥지근한 여름 날 저녁이면 엄마 아빠가 앉아 있던 돌이었다. 그 시절에는 집 옆의 텃밭에서 야채와 허브를 길렀다. 집 주위로는 키 작은 나무들이 늘어서 있었고, 뒤뜰에는 커다란 산사나무가 보였다. 이곳이 바로 에일리의 집이었다. 그런데도 어째서 떠나라는 걸까?

엄마가 계셔서 어떻게 해야 할지 알려 준다면 얼마나 좋을까? 그러나 엄마는 돌아오지 않았다. 이젠 세 남매뿐이었다. 스스로 살아남아야 했다.

수용소로는 절대로 갈 수 없다! 그럼 이모할머니들에게 가는 길을 찾아야만 한다. 캐슬태거트에 가면 이모할머니들을 알거나 소식을 아는 사람들이 있을 것이다. 에일리는 숨을 깊이 들이마셨다. 고향의 신선한 공기가 에일리의 폐 깊숙이 들어왔다. 배가 고파 꼬르륵 소리가 났지만 먼저 할 일이 있었다. 엄마는 에일리를 '꼬마 엄마'라고 불렀다. 이제부터는 에일리가 마이클과 페기를 돌보아야만 했다.

"일어나. 잠꾸러기들아."

집으로 들어온 에일리가 동생들을 깨웠다.

"할 일이 많아."

페기가 눈을 비볐다. 피곤하고 졸려 보였다.

"엄마 왔어, 언니?"

반쯤 잠에서 깬 상태로 페기가 물었다.

"아니, 안 오셨어."

에일리는 입을 다물었다.

"하지만 내가 너희들을 돌봐 줄 거야. 이모할머니들한테 가고 싶지?"

"응, 가고 싶어."

페기가 애원했다.

"둘 다 침대에서 내려와! 계획을 세워야지."

에일리가 말했다.

아이들은 재빨리 옷을 입었다.

"마이클, 너는 콜린스 씨 댁으로 가서 상황을 알려 드려. 잘 들어. 덜렁대는 네 친구 팻 말고 아저씨나 아주머니께 말씀드려야 해. 우리는 톰 달리 씨를 따라 수용소로 가는 게 아니라 이모할머니 댁으로 간다고 분명하게 전해. 나노와 레나 이모할머니 댁에 간다고 말야. 엄마 아빠가 돌아와서 우리를 찾아야 하니까. 우리 계획을 아저씨와 아주머니께는 충분히 설명드리고 다른 사람들에게는 한 마디도 하지 마."

에일리는 마이클에게 단단히 일렀다.

페기와 에일리는 남은 옷가지 중에서 가장 따뜻한 옷들을 추려 냈다. 담요도 둘둘 말았다.

이윽고 마이클이 돌아왔다. 마이클의 얼굴에 눈물 자국이 번져 있었다.

"무슨 일이야?"

에일리와 페기가 물었다.

"테레사가 어제 죽었대."

마이클이 훌쩍였다.

"팻은 만나지도 못했어. 팻도 아프대. 세상에서 가장 친한 친구인데. 다시는 못 볼지도 몰라. 콜린스 아저씨께는 말씀드렸어. 무슨 일이 있어도 엄마에게 잘 전해 주시겠대."

에일리와 페기는 감자 몇 알과 남은 곡식 가루로 식사를 준비했다. 모두 식탁에 둘러앉았다. 음식이 마치 모래를 씹는 것처럼 느껴졌다. 모두의 마음속에 이런 생각이 떠올랐다. 혹시 이게 집에서 먹는 마지막 식사는 아닐까?

식사를 마치고 나서 아이들은 짐을 꾸렸다. 프라이팬 하나. 깡통 두 개, 국자 하나 그리고 칼 하나를 조심스럽게 담요 속에 넣었다. 모두 한 보따리씩 짊어졌다. 남은 음식은 셋으로 나누어 각자의 주머니에 숨겼다.

"엄마 아빠가 돌아오셔서 집이 텅 빈 걸 보면 어떻게 생각하실까?"

마이클이 물었다.

"우리가 살기 위해서는 어쩔 수 없었다는 걸 엄마 아빠도 이해하실 거야. 여기 앉아서 모두 굶어 죽거나 병에 걸리는 것보다 낫잖아?"

그렇게 말하는 에일리도 자기의 말을 믿고 싶었다.

아이들은 집 앞에 놓여 있는 돌 의자에 앉았다. 갑자기 에일리가 벌떡 일어서며 외쳤다.

"브리짓! 브리짓은 어떡하지?"

모두 뒤뜰로 달려갔다. 들꽃들이 브리짓이 묻힌 자리를 덮고 있었다. 우뚝 서 있는 산사나무 가지에는 잎이 무성했다.

아이들은 평화로운 마음이 되어, 모두 손을 잡고 브리짓에게 자기들을 지켜 달라고 부탁했다. 흔들리는 잎 사이로 브리짓의 웃음소리가 들려오는 것 같았다.

"우리는 절대로 이곳을 잊지 않을 거야."

아이들은 맹세했다.

"어서 와라. 얘들아."

톰 달리 씨가 들판에 서서 소리쳤다.

"언제까지나 기다릴 순 없어."

아이들은 짐을 챙겨 들었다. 에일리는 문을 닫았다. 아이들은 오솔길을 걸어가서 열네 명쯤 되는 사람들의 무리에 합류했다.

아이들은 아무런 말도 하지 않았고, 뒤도 돌아보지 않았다.

# 수용소로 가는 길

세 남매는 1마일이 넘도록 한 마디도 하지 않고 걸었다. 그들은 함께 걷고 있는 사람들을 가만히 살펴보았다. 그 중에는 스타티어 케네디 부인과 그의 딸 에스터도 있었다. 두 사람은 너무 허약해서 걷기조차 힘들어 보였다. 눈이 움푹 꺼져 있었다. 덩치가 커다란 존 린치 씨도 있었다. 그는 겉모습은 건장한 청년이지만, 정신 연령은 아직 어린아이였다. 그래서 그의 누나가 항상 돌봐 주어야 한다는 사실을 모두들 알고 있었다. 꼬마인 키티 오하라는 혼자 걷고 있었다. 키티의 가족과 친척은 모두 죽었다. 쌍둥이 오코널 형제도 있었다. 노인들도 몇 명 있었는데, 한 눈에 봐도 집을 떠나는 것을 내켜하지 않는다는 걸 알 수 있었다.

에일리는 키티 오하라의 곁으로 갔다. 예전의 친절한 꼬마는 온데 간데없고 화가 난 듯 적개심을 드러냈다.

"아무 말 하지 마, 에일리 언니. 난 수용소에 가게 되어 다행이라고 생각해. 적어도 먹을 거랑 비를 피할 지붕은 있을 테니까. 우리 가족 은 차례차례 모두 죽어 버렸고, 나만 남았어. 나는 꼭 살아남을 거야."

에일리는 아무런 대답도 하지 않았다. 다른 날, 다른 상황에서 만 났더라면 그들은 다 같이 이 산책을 즐겼을 것이다. 햇살은 따스했 다. 들판에는 초록이 무성하고 사방으로 푸른 초원이 펼쳐져 있었다. 젖소들은 사람들이 지나가든 말든 바쁘게 풀을 뜯었다. 젖소가 있는 곳에는 사내아이나 어른이 지키고 서서 부근의 가난하고 굶주린 사 람들로부터 젖소들을 보호하고 있었다. 해가 지면 그들은 젖소들을 우리에 몰아넣고 밤새 지켰다.

산중턱에서 작은 집들이 하얗게 빛나고 있었다. 때때로 여자들이 문 밖에 나왔다가 수용소로 향하는 초라한 일행들을 발견하기도 했 다. 대부분은 그냥 집으로 들어가 문을 쾅 닫았다. 어떤 사람들은 못 볼 걸 봤다는 듯이 앞치마를 집어던지며 달아났다. 아이들은 몰래 내 다보며 손을 흔들었다. 에일리는 부끄러웠다. 마치 부랑자가 된 기 분이었다. 아무도 이 불쌍한 사람들에게 인사를 하거나 위로의 말을 건네지 않았다.

일행은 작은 개울가에서 잠시 발걸음을 멈추었다. 사람들은 물을 마시고 세수를 하며 기운을 차렸다. 톰 달리 씨는 사람들의 눈을 피했다. 그는 무언가를 골똘히 생각하는 것 같았다. 스타티어 케네디 부인은 낡은 장화를 벗고 발을 씻었다.

일행은 다시 걷기 시작했다. 페기가 칭얼거리기 시작했지만 에일리의 매서운 눈초리에 할 수 없이 입을 다물었다.

"그렇게 훌쩍거려서 사람들의 시선을 끌어야겠니? 그치지 않으면 언니가 때려 줄 거야. 알겠어?"

"알았어. 언니. 미안해."

페기는 우물쭈물 대답하면서 앞으로는 행동을 조심해야겠다고 생각했다.

일행은 이제 더닌을 거의 벗어나려 하고 있었다. 더닌은 그들이 태어나고 자란 마을이었다. 이제 몇 마일만 더 가면 수용소에 도착할 것이다.

"아. 내 발이······!"

스타티어 케네디 부인이 쓰러졌다. 딸인 에스터가 부축하는 동안 몇몇 노인들이 그녀를 에워쌌다. 케네디 부인은 낡은 가죽 장화를 힘겹게 벗었다. 발은 퉁퉁 부어 있고 검게 변한 발가락은 곪아서 피가 나고 있었다. 케네디 부인은 아파서 신음소리를 냈다.

그때. 에일리가 마이클에게 눈짓을 했다. 마이클은 낮은 돌담을 뛰어넘더니 마치 자연의 부름이라도 받은 것처럼 수풀을 향해 재빨리 달려갔다. 조금 뒤. 마이클의 모습은 완전히 사라졌다.

톰 달리 씨가 일행에게 돌아왔기 때문에 에일리와 페기는 그 자리에 가만히 있었다. 달리 씨는 무릎을 꿇고 케네디 부인의 발을 살펴보았다.

"그냥 여기서 죽게 내버려 두세요. 어차피 수용소까지는 갈 수 없을 테니까."

케네디 부인이 흐느끼며 말했다.

톰 달리 씨는 케네디 부인을 진정시키려고 애썼다. 다른 사람들은 모두 달리 씨가 이 상황을 어떻게 해결할지에만 정신이 팔려 있었다.

바로 그때. 에일리가 번개처럼 페기의 손을 잡아당겼다. 에일리는 페기를 반은 질질 끌고 반은 던지다시피 하며 돌담을 넘었다. 두 사람은 몸을 숙이고 수풀로 향했다. 이제 세 남매는 울타리와 밭을 뒤로하고 앞으로 나아갔다. 아이들은 돌담 하나를 더 넘었다. 그리고 몸을 숨기고 언덕으로 올라갔다.

"에일리. 에일리! 제발 돌아와!"

저 멀리서 톰 달리 씨가 에일리를 불렀다. 세 아이는 쉬지 않고 계속 달렸다. 심장이 방망이질 치고 숨이 막힐 것 같았다. 세 아이는 언덕 저편까지 줄달음을 친 다음에야 속도를 늦췄다. 그러나 사실은 두 배 가량 되는 거리를 되돌아왔기 때문에 눈앞에 익숙한 풍경이 펼쳐졌다. 사방이 고요한 가운데 새 울음소리만 들려왔다. 세 아이는 걸음을 멈추고 휴식을 취했다. 무릎 아래는 온통 쐐기풀투성이였다. 모르는 사이에 쐐기풀 덤불 속을 지나왔나 보다.

"마이클! 마이클!"

시머스 오코널과 피다 오코널의 목소리였다. 두 사람은 똑같이 붉은 곱슬머리에 갈색 눈을 가지고 있었다. 쌍둥이 형제가 다가왔지만 다행히 그들을 발견하지 못했다. 세 아이는 재빨리 땅에 엎드려 고사리와 금작화 덤불을 향해 기어갔다. 들판과 산중턱에 흐드러지게 핀 금작화의 선명한 노란색이 주변의 풍경을 밝게 물들이고 있었다. 금작화 가시가 손과 얼굴을 찌르고 할퀴었다. 심지어는 옷까지 뚫고 상처를 냈다. 세 아이는 숨소리조차 내지 않고 가만히 있었다. 덤불로 쫓겨 와 꼼짝 못하고 굳어 있는 토끼의 마음을 이제야 알 것 같았다.

피다 오코널이 바로 몇 걸음 떨어진 곳에서 손에 든 가느다란 막대기로 금작화 덤불을 뒤척거리고 있었다. 에일리는 두 눈을 꼭 감았다.

"빌어먹을, 아무런 흔적도 없어. 도대체 톰은 언제까지 그 녀석들을 찾으러 다닐 생각이래?"

쌍둥이 형제는 조금씩 멀어져가며 서로에게 불평을 늘어놓고 있었다. 이제 목소리가 꽤 멀리서 들려오는 것 같았다. 그러나 마이클은 함정일지 모르니까 아직 움직이지 말자고 했다. 에일리는 몸을 너무 구부리고 있어서 발이 저렸다. 게다가 커다란 가시가 등을 찌르고 있었지만 가만히 있을 수밖에 없었다.

그런데 갑자기 피다의 목소리가 커지더니 또 다른 인물이 나타났다. 톰 달리 씨가 직접 찾으러 온 것일까? 그런데 남자의 목소리는 아니었다. 그들이 익히 아는 목소리였다. 목소리의 주인공은 바로 메리 케이트 할머니였다. 그로부터 한 20분가량 지나자 사방이 잠잠해졌다. 이제 나가도 안전할까?

"내니! 내니! 어서 나오렴. 이 말썽꾸러기야. 이제 두 손 두 발 다 들었다."

메리 케이트 할머니가 살살 달래듯이 말했다. 아마도 할머니네 염소 내니를 찾고 있는 것 같았다. 그렇지 않으면 이곳까지 올 리가 없었다.

"내니야! 왜 이렇게 이 할미 속을 썩이니?"

메리 케이트 할머니가 울먹였다.

덤불 사이로 내다 본 에일리는 자기의 눈을 의심했다. 메리 케이트 할머니가 눈을 찡긋하는 게 아닌가! 눈에 뭐가 들어간 건가? 아니. 분명히 눈을 찡긋했다. 할머니는 아이들 앞으로 다가왔다.

"내니! 내니!"

할머니는 큰소리로 내니를 부른 다음. 낮은 목소리로 속삭이듯 말을 이었다.

"무사하구나. 요 천방지축 꼬마들아. 아까 그 사람들은 들로 거위를 잡으러 보냈어. 빨리 나와. 우리 집으로 가자."

아이들은 눈과 귀를 의심했다. 온몸이 뻣뻣하고 쑤셨지만, 메리 케이트 할머니의 집에 도착할 때까지는 허리를 숙이고 걸어야 했다. 할머니는 아이들을 집 안으로 밀어 넣고 문을 닫았다.

햇살이 환한 바깥에서 컴컴한 실내로 들어온 아이들은 어둠에 익숙해지기 위해 눈을 깜박거렸다. 집 안으로 들어오자 메리 케이트 할머니는 아이들을 한 사람씩 차례로 껴안았다. 아이들은 지금까지의 사정과 수용소로 가는 길에 어떻게 탈출했는지를 할머니에게 모두 털어놓았다. 할머니는 혀를 차며 아이들의 용기를 칭찬했다. 아이들이 이야기를 하는 동안 할머니는 물과 수건을 가져와서 아이들을 씻긴 다음, 쐐기풀에 쏘이고 긁힌 상처를 닦아 주었다. 그러고 나서 쭈글쭈글한 손가락으로 상처 난 부위에 미끈미끈한 연고를 발라 주었다. 연고에서 썩은 내 같은 고약한 냄새가 났지만, 바르고 2분 정도 지나자 아프고 쑤시던 게 한결 나아졌다.

집 안은 언제나처럼 지저분했다. 에일리는 할머니가 자기들을 보호해 주는 게 고마워서 빗자루를 들고 깨끗하게 청소하고 싶은 마음이 들었다. 네 사람이 있기에는 움직이기도 힘들 만큼 좁은 집이었다. 아이들은 먼지와 재투성이 바닥에 쪼그리고 앉았다. 메리 케이트 할머니는 난로의 불씨를 살린 다음. 커다란 냄비를 걸고 요리를 하기 시작했다.

"너희들이 오는 건 언제나 환영이지."

메리 케이트 할머니가 말했다.

에일리는 할머니가 진심이라는 걸 알았지만. 이 집은 신세를 지기에 너무 좁았다. 게다가 할머니는 혼자 지내는 생활에 익숙한 분이었다. 또한 에일리 남매가 이곳에 있는 것을 톰 달리 씨가 알게 되면 할머니가 쫓겨날 수도 있었다.

"오늘 밤은 여기서 자고 갈 게요. 메리 케이트 할머니. 하지만 내일 날이 밝으면 이모할머니들을 찾으러 캐슬태거트로 떠나야 해요. 우리 엄마 아빠에게 무슨 일이 생겼는지는 모르겠어요. 하지만 별 일 없다면 엄마 아빠는 반드시 우릴 찾아오실 거예요."

에일리는 무례하게 들리지 않도록 애쓰며 말했다.

페기도 마음을 놓았다. 페기는 더 이상 메리 케이트 할머니를 무서워하지 않아도 된다는 걸 깨닫고. 할머니의 발치에 앉아서 팅커를 쓰다듬었다. 냄비에서 맛있는 냄새가 풍겨 나와 방 안 공기를 가득 메웠다. 아이들의 배에서 꼬르륵 소리가 났다. 할머니는 잡동사니를 뒤적거리더니 접시 네 개를 꺼냈다. 그리고 소맷자락으로 접시를 닦은 다음. 펄펄 끓는 죽을 접시에 담았다. 무엇으로 만든 죽인지는 알 수 없었지만 맛이 아주 좋았다. 에일리와 마이클은 재료에 대해서는 묻지 않는 것이 좋겠다고 생각했다. 할머니가 요리에 무엇을 넣는지는 하느님만 아실 것이다.

식사가 끝나자, 할머니는 소파 겸 침대에 페기를 눕혔다. 그런 다음, 낡은 의자에 앉아 에일리와 마이클을 마주보며 이야기를 나눴다. 할머니는 단지를 몇 개 꺼내서 뚜껑을 열었다.

"이건 열이 났을 때 쓰거라. 물에 타서 하루에 네 번씩 마시면 된단다. 이건 배가 아플 때 쓰렴. 나뭇잎과 허브를 한 줌 집어서 씹어라. 맛은 없을 거야. 그리고 이건 아까 내가 발라 준 약이란다. 베이고 물리고 쏘인 상처에 쓰는 거야. 먼저 상처가 난 부위를 깨끗이 씻고 연고를 바르거라."

할머니는 단지 뚜껑을 닫고는 에일리에게 건네주었다.

"너희들은 긴 여행을 해야 할 거야. 여행하는 동안 자연을 친구처럼 의지하렴. 병이 옮을지도 모르니 거리의 사람들을 조심하고. 언제나 강을 따라 가도록 해라. 그러면 길을 찾는 데 도움이 될 거야. 들에서 먹을 것을 구하되, 처음 보는 열매나 버섯은 먹지 마라. 죽은 동물도 먹으면 안 돼. 신선한 고기만 좋은 고기란다. 불쌍한 것들, 하느님께서 너희들을 지켜 주실 거다. 나도 언제나 너희들을 생각하며 너희엄마가 돌아오는지 지켜보마."

말을 마친 할머니는 자리에서 일어났다. 그러고는 윗도리를 벗은 다음, 페기 옆에 누워 잠을 청했다. 에일리와 마이클은 너무 지치고 피곤해서 그대로 바닥에 누워 잠이 들었다.

막 동이 틀 무렵, 아이들은 메리 케이트 할머니의 집을 떠날 준비를 마쳤다. 아침 식사로는 염소 젖 한 잔과 딱딱한 소다빵이 전부였다. 메리 케이트 할머니의 두 눈에서 닭똥 같은 눈물이 떨어져 검은 얼굴에 흰 눈물 자국을 만들었다. 아이들도, 할머니도 앞으로 다시는 서로 만날 수 없을 거라는 사실을 알고 있었다.

"하느님의 가호가 있기를."

메리 케이트 할머니는 그렇게 기도하며 아이들을 향해 손을 흔들었다. 아이들은 이슬에 젖은 풀밭을 지나 나무들 사이로 푸른 빛이 비쳐 오는 저 먼 곳을 향해 걸었다. 그곳에는 강이 흐르고 있기 때문이었다.

# 강을 따라

아이들은 풀밭을 걸어갔다. 이른 아침이라 그런지 아직 쌀쌀했지만 한낮에는 몹시 더워질 것 같았다. 몇 시간 동안은 마치 모험이라도 떠난 듯이 길을 걸었다. 토끼 한두 마리가 깜짝 놀라 앞을 가로질러 가기도 했다. 귀리밭을 살금살금 지나자, 가늘고 키가 큰 개양귀비 꽃들이 아이들을 반기며 몸을 흔들었다. 페기는 유혹을 떨치지 못하고 꽃을 꺾기 시작했다. 그러나 꽃들은 페기의 손 안에서 금세 시들더니 부드러운 붉은 꽃잎들이 끈적하게 달라붙었다. 페기는 어쩔 수 없이 산들바람에 꽃잎을 살며시 날려 보냈다.

한 시간 가량을 걸어가자 강에 도착했다. 아이들은 바위에 걸터앉아 돌과 모래 위로 흐르는 차고 맑은 물에 발을 담갔다. 강물을 따라 두 시간쯤 걸어가자 땅이 점점 질퍽해졌다. 축축한 진흙에 발이 자꾸만 빠졌다. 사방이 진창이었다. 강 건너편으로 마른 풀밭이 보였다. 힘들게 피해가야 하는 물 고인 웅덩이도 건너편에는 없는 것 같았다.

"강을 건너야 해."

마이클이 주장했다.

"그러지 않으면 꼼짝없이 이곳에 갇히게 될 거야."

마이클의 목소리는 사뭇 진지했다. 마이클은 꼼꼼하게 주변을 살피더니 건너기 쉬워 보이는 지점을 찾아냈다. 강폭이 좁고, 이끼 낀 큰 바위들이 흐르는 강물 사이로 여기저기 놓여 있는 곳이 보였다.

"이 몸이 먼저 건너서 길을 보여 주지. 그런 다음에 페기를 데리러 다시 건너올게."

마이클이 장난치듯 말했다.

마이클이 첫 번째 바위로 발을 뗐다. 울퉁불퉁한 바위가 위험하게 흔들렸다. 마이클은 길쭉한 두 번째 바위와 작은 바위 두 개를 건넌 다음, 펄쩍 뛰어 뾰족한 화강암 바위로 올라섰다. 거기서부터는 쉬웠다. 하나씩 사뿐사뿐 건너뛰어 어느덧 건너편 강가에 도착했다. 마이클은 의기양양해져서 허리를 굽히며 절을 했다.

"어때. 쉽지? 이제 데리러 갈게. 페기."

페기가 마이클의 뒤를 따라 강을 건너기 시작했다. 커다란 바위가 흔들려 떨어질 뻔했지만. 마이클이 팔을 뻗어 중심을 잡아 주었다. 뾰족하게 날이 선 바위에 도착할 때까지는 순조로웠다. 마이클은 한 발 앞서 가서 페기를 바위 위로 끌어 올렸다. 그러나 페기 쪽으로 몸을 기울이다가 마이클은 정강이를 깊게 베이고 말았다. 상처에서 피가 흘러 수정처럼 맑은 강물 위로 뚝뚝 떨어졌다. 바로 뒤에서 에일리가 따라왔다. 이렇게 해서 아이들은 모두 건너편 강가에 도착했다.

"마이클. 너 베었구나. 메리 케이트 할머니가 주신 약을 바를까?"

에일리가 말했다.

"그냥 물에 씻을게. 살짝 베인 거야. 법석 떨지 마. 누나 잔소리가 거의 엄마 수준이네."

마이클은 어깨를 으쓱했다.

아이들은 다시 걷기 시작했다. 그들은 나직한 콧소리로 아빠가 부르시던 노래를 흥얼거렸다. 페기는 가끔씩 멈춰 서서 자갈이나 꽃. 새의 깃털 따위를 주웠다. 하지만 아무도 들어 주지 않자. 결국엔 길에 버릴 수밖에 없었다. 태양이 머리 위에서 따갑게 내리쬐었다. 이마와 목 뒤로 땀이 흘러내렸다.

"난 그만 갈래. 더는 한 발자국도 못 가겠어."

페기가 고집을 부렸다. 벌겋게 달아오른 뺨이 무척 지쳐 보였다.

아이들은 털썩 주저앉아 휴식을 취했다. 그들은 메리 케이트 할머니가 주신 내니의 젖 한 통을 돌아가며 조금씩 마셨다. 이런 더위라면 어차피 몇 시간 뒤에는 상해서 마실 수 없게 될 것이다. 차가운 곡식 가루도 조금씩 먹었다. 나머지는 나중을 위해 남겨 둬야 했다. 아이들은 강물에 깡통을 씻은 다음, 그 안에 물을 채웠다. 그러고는 새끼고양이처럼 햇볕 아래 드러누웠다. 너무 지쳐서 말할 기운조차 없었다. 모두들 자기도 모르는 사이에 스르르 잠이 들었다. 에일리가 눈을 뜨자 해가 저물고 있었다. 찌는 듯한 더위도 어느새 사그러들었다. 에일리는 동생들을 흔들어 깨운 다음, 다시 길을 떠났다. 해가 지기 전에 몇 마일을 더 가야 했다.

마침내 아이들은 강이 보이는 안전하고 마른 땅을 찾아내서 부드러운 덤불 위에 담요를 깔았다. 그들은 배고픔을 달랠 정도로만 음식을 조금 먹었다. 그런 다음, 서로 꼭 끌어안고 어두워지는 하늘을 지켜보다가 별이 뜨기 전에 잠들어 버렸다.


그 뒤 사흘 동안은 같은 날이 반복되었다. 에일리는 음식 자루가 점점 가벼워지는 것이 몹시 신경쓰였다. 마이클의 '살짝 베인' 상처는 전혀 나아지지 않았다. 딱지 아래에 누런 고름이 생기기 시작했고, 거무티티한 피가 흘러내렸다. 천천히 걸었지만 그래도 마이클은 고통스러워하는 것 같았다. 그날 저녁, 한사코 뿌리치는데도 에일리는 마이클의 상처에 연고를 발라 주었다. 치료가 너무 늦지 않았기만을 빌었다.

나흘째 되는 날은 습하고 무더웠다. 해가 전혀 보이지 않았다. 그런 날씨에 걷느라 아이들은 녹초가 되었다. 산소가 모자라는 것처럼 숨이 턱턱 막혔다.

강둑을 덮고 있는 잡초들 사이로 멀리 길을 걷고 있는 사람들이 언뜻언뜻 보였다. 강에서 가까운 땅에는 돌이 많았다. 걷기에는 잘 닦여진 길이 편할 거라고 에일리는 생각했다. 그러나 한길로 나서자 몇몇 사람들이 스쳐 지나갔다. 아이들은 메리 케이트 할머니의 말씀을 떠올리면서 사람들을 피했다.

그때, 말을 탄 남자가 다가왔다. 말은 커다란 들것을 끌고 있었다. 남자는 천으로 얼굴을 가린 채 앞만 바라보고 있었다. 들것에는 비쩍 마른 시체가 네다섯 구 실려 있었다. 누더기 사이로 시체의 살과 뼈가 비죽 삐져나와 있었다. 아이들은 길에서 물러나 등을 돌렸다. 에일리는 그 모습을 보지 못하게 하려고 두 손으로 페기의 눈을 꼭 가렸다.

아이들은 잔뜩 풀이 죽은 채로 다시 길을 떠났다. 몇 마일쯤 가자 마차 한 대가 보였다. 한 무리의 사람들이 마차를 둘러싸고 있었다. 아무 말도 오가지 않았지만, 위협적인 분위기였다. 마부는 흥분한 말을 진정시키려 애를 쓰고 있었고, 마차 안에서는 두 사람이 겁에 질려 덜덜 떨고 있었다. 그들은 생명의 위협을 느끼고 있었다. 마차

안의 남자가 일어나더니 사람들을 흩어지게 하려고 땅바닥에 동전을 뿌렸다. 여자는 이미 모자를 빼앗겼다. 마차를 둘러싼 사람들의 절박한 표정에 여자의 얼굴은 하얗게 질려 있었다.

눈앞에서 벌어지는 광경에 놀란 아이들은 얼른 길을 빠져 나왔다. 그리고 강물을 따라 나 있는 오솔길로 들어섰다. 에일리는 자기도 모르게 자꾸만 엄마와 아빠 생각이 났다. 도대체 엄마와 아빠에게 무슨 일이 일어난 것일까?

다음 날 아침이 되자. 마이클은 무릎을 구부릴 수 없을 정도로 다리가 퉁퉁 부어 있었다. 그 다리로 오래 걷는 것은 불가능해 보였다. 마이클은 절뚝거리며 1마일 정도를 겨우 걸었다. 그런데 아이들에게 믿어지지 않을 정도의 행운이 찾아왔다. 어떤 밭의 울타리를 막 넘는데, 저 너머 밤나무 숲 아래에서 연기가 피어오르고 있었다. 페기가 앞으로 달려 나가며 소리쳤다.

"불이 났어. 빨리 와 봐!"

페기의 말이 맞았다. 아이들은 자기의 눈을 의심했다. 그들의 눈앞에서 꺼져가는 불씨가 보였다. 에일리는 정신없이 사방을 돌아다니며 마른 나뭇가지들을 구해서 조심조심 불씨 위에 올렸다. 그러고는 무릎을 꿇고 후후 불었다. 희미하게 불꽃이 일기 시작했다. 페기는 신이 나서 깡충깡충 뛰었다. 이윽고 불꽃이 옮겨 붙으면서 나뭇가지들이 타기 시작했다. 아이들이 불을 피운 것이었다! 마이클은 가만히 앉아서 커다란 나무에 등을 기대고 다리를 앞으로 뻗었다. 에일리와 페기는 짐을 내려놓고 땔감이 될 만한 것들을 찾았다. 둘은 충분하다고 생각될 때까지 왔다 갔다 하며 나뭇가지들을 주워 왔다.

다른 사람들이 얼마 전에 이곳을 지나간 것이 분명했다. 사람들이 머물렀던 흔적이 여기저기에 남아 있었다. 에일리는 검게 그을린 굵은 나뭇가지를 찾아냈다. 사람들이 쓰다 버린 것 같았다. 에일리는 그 나뭇가지에 냄비를 걸었다. 그런 다음. 그 안에 물과 돼지기름 그리고 귀리 가루 두 줌을 넣었다. 작은 감자 세 알도 불에 넣고 구웠다. 오늘 저녁은 푸짐한 식사가 될 것이다. 아이들은 그동안 제대로 먹지 못해서 점점 쇠약해지고 있었다. 그러나 식량을 찾으려면 기운을 차려야만 했다.

날씨는 따뜻했지만. 훈훈한 불가에서 음식 냄새를 맡는 것은 황홀한 경험이었다. 마이클은 무척 지쳐 보였다. 이번만은 누이들에게 일을 맡겨둔 채 쉴 수밖에 없었다. 음식이 타서 에일리가 벅벅 긁어내야 했지만. 따뜻한 음식이 위에 들어가니 어쨌든 좋았다. 에일리가 냄비를 다시 불 위에 얹고 물을 끓이기 시작했다.

"왜 물을 또 끓여? 먹을 게 더 있어?"

마이클이 기대에 찬 목소리로 물었다.

"이 먹보야."

에일리가 마이클을 놀렸다.

"내가 먹을 걸 쌓아 놓고 있는 줄 아니? 그만 좀 밝혀. 이건 네 다리를 소독하는 데 쓸 거야. 말을 잘 들으면 구운 감자를 줄게."

금세 물이 끓기 시작했다.

"어떻게 하려고?"

마이클이 겁에 질린 목소리로 물었다.

"엄마가 하는 걸 몇 번 봤어. 전에 아빠가 가시에 손을 찔렸을 때하고, 페기가 무릎을 긁혔을 때 기억 나? 상처가 나면 독이 생긴대. 그러니까 그 독을 없애고 깨끗이 씻어 내야 해."

에일리가 대답했다.

에일리는 냄비를 들어 바위 위에 올려놓았다. 그리고 칼을 꺼내 약 2분 가량 물에 담근 다음, 마이클의 상처에 갖다 대고 몇 초 정도 눌렀다. 마이클은 아파서 비명을 질렀다. 에일리는 칼을 내려놓았다. 그리고 여벌의 옷을 찢어서 물에 담갔다가 상처난 곳에 동여맸다.

"앗, 뜨거워. 저리 치워, 누나."

"안 돼. 이렇게 놔둬야 해."

마이클이 사정했지만, 에일리는 딱 잘라서 거절했다.

에일리는 또 옷을 찢어서 물에 담갔다. 에일리의 두 눈에 눈물이 고였지만, 동생에게 들키고 싶진 않았다.

이렇게 세 번을 거듭하자, 노르스름한 고름이 옷감에 배어 나오기 시작했다. 에일리는 아직 덜 식은 물을 마이클의 다리에 부어 상처를 씻어 냈다. 그리고 마지막으로 상처 부위를 마른 옷감으로 감싸 주었다.

다음 날 아침. 마이클을 살펴본 에일리는 안도의 숨을 내쉬었다. 붓기가 가라앉고. 상처에서 흘러나온 선홍색 피도 멎어서 검게 굳어 있었다. 에일리는 마이클을 가만히 앉아서 쉬게 했다. 그리고 물을 더 끓여서 상처의 붕대를 갈아 주었다.

이제 가장 급한 일은 물과 땔감. 그리고 먹을 것을 구하는 일이었다. 에일리는 물통을 채우기 위해 조금 전에 봐 두었던 개울가로 내려갔다. 페기를 시키기에는 위험했다. 물에 빠질지도 모르고, 급히 오다가 물을 엎지를 수도 있기 때문이었다. 페기에게는 땔감을 주워 오는 일을 시켰다. 그리고 먹을 만한 것을 발견하면 그 장소를 기억해 두라고 했다. 그러나 무슨 일이 있어도 마이클의 목소리가 들리는 거리에서만 다니라고 일렀다.

물통을 들고 오다가 에일리는 생각지도 않았던 행운과 마주쳤다. 바로 산딸기를 발견한 것이다. 쐐기풀과 잡초 덤불 사이로 빨갛고 작은 열매들이 보였다. 에일리는 물통을 갖다 놓고 다시 와야겠다고 생각했다. 산딸기도 따고 쐐기풀도 조금 꺾어서 수프에 넣어야지. 페기는 먼저 돌아와 있다가 에일리를 보자 신이 나서 달려왔다.

"언니. 내가 뭘 발견했는지 알아? 이리 와 봐."

페기가 에일리를 졸랐다.

에일리는 도대체 무엇 때문에 법석을 떠는지 궁금해 하며 물통을 평평한 곳에 놓았다. 페기가 나무 뒤로 달려가더니, 손에 커다란 토끼 한 마리를 들고 나타났다. 토끼의 눈동자가 흐릿했다. 죽은 지 하루 이틀은 되어 보였다.

"그 토끼 어디서 났니? 네가 직접 잡았어?"

에일리가 상냥한 목소리로 물었다.

"아니, 그냥 찾은 거야. 예쁜 파란 꽃들 사이에 누워 있었어. 정말 대단하지?"

페기가 의기양양하게 말했다.

에일리는 할 말을 잃었다. 지금 그들에게 고기가 필요하다는 것은 하느님도 아실 것이다. 그러나 에일리는 메리 케이트 할머니의 말씀을 떠올릴 수밖에 없었다. 할머니는 신선한 고기만 먹고, 죽은 동물은 건드리지도 말라고 하셨다.

"메리 케이트 할머니께서 하신 말씀 기억하지?"

페기의 얼굴에 실망한 기색이 역력했다. 그러나 이내 알아듣고 나무 뒤로 가서 토끼를 버렸다. 에일리는 주변에 살아 있는 다른 토끼들이 더 있을지 모르니 그걸 잡으면 된다고 페기를 위로했다. 그리고 냄비를 가져오면 산딸기가 자라는 곳을 가르쳐 주겠다고 했다.

그날은 하루 종일 먹을 것과 땔감을 찾으러 다녔다. 마이클도 일어나 걸으려고 했지만, 에일리가 다리를 하루 더 쉬게 하는 게 좋겠다며 말렸다. 아이들은 입 안이 빨갛게 물들 정도로 산딸기를 먹었다. 에일리는 당근과 순무가 남아 있는 버려진 밭도 찾아냈다. 자루 가득 당근과 순무를 채우며, 감자와 함께 넣고 수프를 끓일 생각을 하니 저절로 기분이 좋아졌다.

오후가 되자 태양이 뜨거웠다. 에일리와 페기는 더위를 식히기 위해 강가로 갔다. 둘은 허리까지 차는 강 기슭에서 물장난을 치면서 앙상한 팔과 목과 얼굴의 때를 씻었다. 그러고 나서 둘은 강둑에 속옷 차림으로 누워 옷을 말렸다. 그날 저녁엔 수프를 든든히 먹고, 남은 곡식 가루는 팬에 구워 먹었다.

다음 날이 되자 마이클이 가장 먼저 일어났다. 그리고 누이들 앞에서서 다리가 다 나았다며 자랑스럽게 보여 주었다. 아직 걷기에는 불편했지만 돌아다니고 싶어서 몸이 근질근질한 눈치였다. 에일리와 페기는 일어나야 한다는 걸 알면서도 불가를 떠나기가 싫었다. 아쉬운 마음을 달래며 불을 지피고 있는데, 마이클이 돌아왔다.

페기는 토끼를 처음 발견한 곳으로 에일리와 마이클을 데려갔다. 셋은 고사리 덤불 속에 몸을 숙이고 기다렸다. 그렇게 한참을 기다리자 드디어 토끼 가족이 나타났다. 토끼들은 몇 미터 떨어진 곳에서 풀을 뜯으며 놀기 시작했다. 아이들은 숨소리도 내지 않고 조용히 기다렸다. 마이클이 커다란 돌을 움켜쥐었다. 달콤한 풀을 뜯느라 무리에서 떨어진 작은 토끼를 발견한 마이클은 목표를 향해 돌을 날렸다.

처음에는 토끼가 놀라서 가만히 있는 것처럼 보였다. 다른 토끼들은 이미 뿔뿔이 달아난 뒤였다. 토끼가 마지막 숨을 몰아쉬자, 그제서야 마이클은 자기가 정확하게 맞췄다는 것을 알았다. 마이클은 달려 나가 토끼를 집어 들었다. 아주 어린 토끼였다. 먹을 건 별로 없어 보였지만, 그래도 그건 고기였다.

페기가 다가와서 마이클을 꼭 껴안았다. 어린 토끼가 죽는 것을 보고 기분이 언짢은 모양이었다. 마이클이 토끼의 털을 벗기고 손질하는 것을 보지 못하도록 에일리는 페기를 다른 곳으로 데려갔다. 하지만 에일리가 토끼 고기에 당근과 양파를 넣고 수프를 끓이자, 페기도 푸짐한 음식을 보고는 아무런 말도 하지 않았다. 그날 밤, 아이들은 오랜만에 영양가 있는 음식을 먹어서인지 배를 끙끙 앓았다.

여전히 어둠이 걷히지 않았는데 아이들의 얼굴에 빗방울이 떨어졌다. 아침 7시 무렵부터 세찬 빗줄기가 내리기 시작했다. 불이 꺼지고 재가 빗물에 씻겨 내려가면서 풀밭에 잿빛 물줄기를 만들었다. 아이들은 짐을 챙겼다. 에일리와 페기는 숄을 머리까지 뒤집어썼다. 더 이상 꾸물거릴 시간이 없었다. 서둘러 다시 길을 떠나야만 했다.

# 급식소

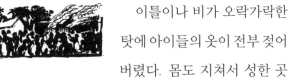

이틀이나 비가 오락가락한 탓에 아이들의 옷이 전부 젖어 버렸다. 몸도 지쳐서 성한 곳이 없을 정도로 뼈마디가 쑤셨다. 아이들은 밤이 되면 비를 피해 젖은 땅에다 축축한 담요를 깔아 돌돌 말고 잤다. 낮에는 걷기 힘들 정도로 풀숲이 젖어 있었기 때문에 어쩔수 없이 큰길로 나갔다.

몇몇 사람들이 아이들을 지나쳤지만 대부분 고갯짓만 까딱할 뿐이었다. 누더기를 걸친 사람들의 모습은 비참했다. 거의 다 비쩍 마르고 차림새도 지저분했다. 아이들은 자기들도 그들과 똑같은 모습이라는 사실을 알지 못했다. 다행히도 열다섯 살쯤 되어 보이는 키크고 마른 소년이 아이들 옆으로 걸어왔다.

"난 조셉이야."

그는 고개를 숙이며 인사했다. 조셉의 옷은 더러웠고, 움직일 때마다 땀에 절은 냄새가 났다. 에일리는 자기도 모르게 코를 찡그렸다. 하지만 조셉은 좋은 길동무였다. 반시간 정도가 지나서 에일리는 음식 자루를 쥐고 있던 손에서 힘을 풀었다.

조셉은 한 시간 정도만 더 가면 키닌이라는 작은 마을이 나온다고 했다. 그런데 그 마을에서는 다른 종교를 믿는 이교도들이 가난한 사람들을 위해 돈을 받지 않고 음식을 배급해 준다는 것이었다.

"힘내."

조셉이 아이들을 격려했다.

"맛있는 음식과 편한 잠자리를 구할 수 있을 거야."

조셉의 말대로 그곳에 가면 음식도 얻어먹고, 아는 사람을 만나서 엄마와 아빠에 관한 소식을 들을 수 있을지도 몰랐다. 잠시 후 아이들은 키닌에 도착했다.

그러나 마을에 도착한 에일리는 몰려든 사람들을 보고 두 눈을 의심했다. 좁은 길을 가득 메운 헐벗고 굶주린 사람들 수백 명이 음식을 얻으려고 난리였다. 몇몇 사람들은 서 있을 힘조차 없어서 앉아 있었지만, 자리를 지키려고 필사적이었다. 아이들은 가장 뒤에 줄을 섰다. 에일리는 두리번거리며 사람들 사이에 아는 얼굴이 있는지 살폈다.

수많은 얼굴들……. 에일리는 그 얼굴들을 결코 잊을 수 없을 것이다. 모두가 똑같은 얼굴이었다. 뺨은 움푹 꺼지고 눈은 퀭한데다. 눈 밑에는 검은 그늘이 드리워져 있었다. 비쩍 마른 입술에 몇몇 사람들은 황달기까지 있었다. 굶주림과 질병이 이들을 이렇게 만들었다. 사람이라기보다는 마치 유령 같았다. 늙은 여인들은 인파를 헤치며 조금이라도 앞줄로 밀고 나가려고 애쓰고 있었다. 뚫어져라 앞을 바라보고 있는 엄마들의 치맛자락에는 수척한 어린아이들이 징징거리며 매달려 있었다. 에일리는 이곳이 바로 지옥이라고 생각했다. 그것도 아주 무시무시한 지옥이라고.

바로 그때, 저 멀리서 다 쓰러져 가는 오두막의 문이 열리더니 머릿수건을 쓰고 앞치마를 두른 세 여자가 커다란 솥을 들고 나타났다. 사람들이 앞으로 몰려 나갔다. 사람들이 밀어대는 통에 발이 허공에 뜬 채로 에일리는 간신히 페기의 손을 붙잡았다. 페기는 에일리의 허리를 꼭 잡고 가슴에 얼굴을 묻었다. 페기는 몹시 지치고 잔뜩 겁을 집어 먹고 있었다.

드디어 여자들이 수프를 나눠 주기 시작했다. 그릇이 없는 사람들에게는 양철 그릇에 담아 주었다. 솥을 두 번이나 다시 채우고 나서야 아이들이 서 있는 줄이 앞으로 움직이기 시작했다.

에일리의 눈에 급식소의 광경이 똑똑히 보이기 시작했다. 오두막 안에서 사람들이 분주히 움직이고 있었다. 당근과 순무와 양파를 썰어서 보리와 물이 담긴 커다란 들통에 넣는 모습이 보였다. 그리고 한 남자가 양동이를 들고 들어와 대충 썬 찌꺼기 고기들을 들통에 쏟아 부었다.

정오가 지났는데도 차례가 오지 않았다. 아이들은 그 전에 수프가 떨어지면 어쩌나 하고 불안해지기 시작했다. 마침내 아이들이 맨 앞줄로 나왔다. 몹시 지쳐 보이는 한 여자가 수프를 나눠 주는 부인에게 한 그릇만 더 달라며 사정하고 있었다. 여자는 반 마일 정도 떨어진 곳에서 두 아이가 기다리고 있는데 그 아이들은 너무 힘이 없어서 이곳까지 올 수 없었다고 했다. 수프를 나눠 주는 부인은 못 들은 체 거절했다. 그러나 그 여자가 뜨거운 수프를 단번에 마셔 버리자 얼른 그릇을 다시 채워 주었다. 여자는 소중한 수프를 들고 조심스럽게 사람들 사이를 빠져나갔다. 아이들도 자기들의 차례가 되자 수프를 꿀꺽 들이켰다. 그러나 그릇은 다시 채워지지 않았다. 조금 뒤, 아이들은 빈 자리를 찾아 식사를 마저 했다. 수프는 기름지고 비계가 둥둥 떠 있었다. 그러나 그 비계는 다시 길을 떠날 수 있는 힘을 줄 것이다.

그날 밤, 아이들은 키닌 마을에 묵었다. 내일 정오에 또 한 번 급식을 할 것이라는 소문이 돌았기 때문이었다. 그런데 한밤중에 어떤 노인이 아이들을 깨우더니 지금 길을 떠나라고 했다. 그 노인은 아침이 되면 이교도들이 사람들을 개종시킬 것이며, 수프를 한 그릇 더 얻어 먹느니 차라리 영국 여왕에게 구걸을 하는 편이 낫다고 말했다. 아이들을 혼란스러웠지만 그 말을 무시하기로 했다.

다음 날 아침, 아이들은 굶주린 무리에 끼어들어 자리를 잡았다. 친절해 보이는 남자와 두 명의 여인이 사람들 사이를 돌아다니고 있었다. 가끔씩 이들 가운데 더 젊은 여인이 어린 소년이나 소녀, 또는 아기를 데리고 사람들 사이를 빠져나가 마을 끝에 있는 커다란 집으로 갔다. 그 여인은 초록색 문을 두드리고 안으로 들어갔다가, 몇 분 뒤에는 혼자 나왔다.

에일리는 무슨 일이 벌어지고 있는지 궁금했다. 아이들을 고아원이나 수용소로 보내는 것일까? 그 여인들이 다가오고 있었다. 이들 가운데 더 나이든 여인이 페기와 말을 나누기 시작했다. 그 여인은 페기에게 혼자냐고 물었다. 페기가 고개를 돌려 에일리와 마이클을 가리키자, 그 다음 질문이 이어졌다.

"부모님은 어디 계시니?"

페기는 뭐라고 대답할지 몰라서 멀뚱멀뚱 보고만 있었다. 에일리가 손을 뻗어 페기를 잡아끌었다. 에일리는 사람들 사이로 급히 눈길을 돌렸다. 그랬더니 저 멀리서 계단에 앉아 있는 빨강 머리 아주머니가 눈에 띄었다. 그 옆에는 남편인 듯한 사람이 서 있었다.

"저기 계세요."

에일리가 그 부부를 가리키며 대답했다. 나이든 여인은 의심의 눈초리를 보냈다. 에일리는 얼른 빨강 머리 아주머니에게 손을 흔들었다. 두 사람의 눈이 마주치자, 아주머니도 에일리에게 고개를 끄덕였다. 아마 속으로는 '저 긴 머리 소녀가 누구지?' 하며 의아해했을 것이다. 부인은 그제야 의심이 풀린 듯 다른 곳으로 갔다.

아이들은 자기들 몫의 양고기 스튜를 받아서 마을의 구석진 곳으로 갔다. 세 남매는 다시 길을 떠날 채비를 했다. 그런데 조셉이 모처럼 사귄 친구들과 헤어지고 싶지 않다면서 가지 말라고 애원했다. 아이들은 이모할머니들에게 가서 엄마와 아빠가 돌아오기를 기다려야 한다고 설명했다. 조셉은 키닌에 며칠 더 머문 다음, 항구로 가서 리버풀로 가는 배를 타고 싶다고 했다.

조셉과 헤어질 생각에 아이들은 마음이 무거웠다. 마이클은 작별인사를 하려다가 목구멍에서 뭔가 치밀어 오르는 것을 삼켜야 했다.

# 호숫가에서

아이들은 계속 걸었다. 페기의 발에 커다란 물집이
두 개나 잡혀서, 에일리가 두세 시간마다 메리 케이트
할머니의 연고를 발라 주었다. 아이들의 발바닥은 마
치 검은 가죽처럼 변했다. 계속 짐을 들어서 에일리의 손에는 딱딱한
굳은살이 생겼다. 에일리는 배가 살살 아파 왔다. 냄새가 살짝 이상
했던 양고기 스튜가 아무래도 수상했다. 에일리는 복통이 멎기를 바
라며, 메리 케이트 할머니가 준 허브 약을 질겅질겅 씹었다.

잠시 쉬기 위해서 아이들은 걸음을 멈췄다. 어디선가 이상한 냄새
가 났다. 썩은 내였다. 감자가 썩었을 때보다 냄새가 더 지독했다.

"누나. 도대체 무슨 냄새야? 온통 썩어서 나는 냄새 같지 않아?"

마이클이 진저리를 치며 말했다.

페기와 에일리는 덤불을 모아 쉴 자리를 마련했다. 그런데 불현듯 더 지독한 악취가 풍겨왔다. 주위를 두리번거리던 에일리는 그 냄새의 정체와 마주치자 얼른 고개를 돌렸다. 페기가 보지 않았기를 바랬지만, 페기의 얼굴은 이미 공포로 하얗게 질려 있었다.

그것은 사람이었다. 아니. 사람의 시체였다. 피부는 썩어서 거뭇거뭇했고. 몸은 너무 말라서 뼈가 드러나 있었다. 에일리는 이마에 땀이 흐르고 구역질이 났다. 페기가 눈을 가늘게 뜨고 에일리의 옷자락을 잡아당겼다. 둘은 거의 동시에 덤불에 구토를 했다. 먹은 걸 다 토하고 구역질이 멈추자. 둘은 마이클에게 달려갔다. 누이들의 얼굴을 본 마이클은 뭔가 끔찍한 일이 생겼다는 것을 알아차렸다.

"무슨 일이야? 왜 그래?"

마이클이 캐물었다.

둘은 흐느끼면서 간신히 그 이유를 말해 주었다.

"너무 불쌍해. 가족도 친구도 없이 굶주리다가 이렇게 이름 모를 곳에서 혼자 죽다니."

에일리가 울면서 말했다.

"그 사람을 위해 기도해 주자."

마이클의 목소리는 착 가라앉아 있었다. 마이클은 나뭇가지를 두 개 꺾어서 십자가 모양을 만든 다음, 긴 풀로 묶었다.

세 아이는 덤불로 다시 돌아왔다.

"난 또 토하기 싫어."

페기가 울면서 몇 걸음 뒤로 물러났다. 아이들은 시체에서 몇 걸음 떨어진 곳에 멈춰 섰다. 마이클이 땅바닥에 십자가를 꽂았다.

"뭐라고 해야 하지?"

마이클이 물었다.

"이렇게 해. 하늘에 계신 하느님……."

에일리는 하느님께 이 불쌍한 남자를 잊지 말아 달라고 기도했다.

이 끔찍한 곳에서 벗어나고 싶은 마음에 아이들은 얼른 짐을 챙겨 들고 쉬지 않고 걸었다. 정신없이 걷다 보니 눈앞에 넓고 울창한 숲이 펼쳐져 있었다. 고향인 더닌의 숲을 떠올리게 하는 푸른 숲을 보자 아이들은 그제야 마음이 놓였다. 고향을 떠나온 지도 어느덧 2주째 였다. 아이들은 길을 벗어나 눈에 익은 숲 속으로 들어갔다. 커다란 나무들이 하늘 끝까지 뻗어 있고, 온갖 소리들이 어우러지며 들려 왔다. 마치 솔잎과 이끼로 만든 폭신한 카펫 위를 걸어가는 것 같은 느 낌이 들었다. 햇빛이 거의 들지 않는 고요하고 평화로운 숲 속에서 산 비둘기가 구구거리며 노래하는 소리를 들으며 걷고 있자니 세상이 한결 나아진 것 같았다.

숲이 자기들을 보호해 준다고 생각하니 왠지 마음이 놓였다. 처음

보는 작은 동물이 깜짝 놀라 앞을 지나기도 하고, 저 멀리서는 개울 물이 신나게 내달리는 소리가 들렸다. 이곳에서는 시간도 멈춘 듯했다. 예전에 집 근처 숲에서 숨바꼭질을 하던 생각이 났다. 그러나 지금은 그럴 힘이 없었다.

두 시간쯤 걷고 나서 아이들은 바닥에 주저앉았다. 페기와 마이클은 녹초가 되었다. 페기는 숨이 턱까지 차올라 울기 시작했다. 울음은 쉽게 멈춰지지 않았다. 에일리는 페기를 무릎 위에 앉혔다. 페기는 너무나도 가벼웠다. 오동통했던 팔과 다리는 찾아볼 수 없었다. 앙상한 몰골에 갈비뼈가 다 드러나 있었다. 에일리는 여동생의 머리에 자기의 머리를 맞대었다. 소리 없이 눈물이 흘러내렸다. 걷잡을 수 없는 절망이 밀려왔다. 이럴 때 엄마가 돌아오신다면 얼마나 좋을까? 어떻게 해야 할지 아빠가 가르쳐 주신다면 얼마나 좋을까?

마이클에게도 에일리의 슬픔과 절망이 전해져 왔다.

"우리도 다른 사람들처럼 죽게 되겠지?"

마이클이 속삭였다. 마이클은 겁이 났다. 지금까지 어른이 되었을 때를 생각하며 얼마나 많은 일들을 꿈꿔 왔던가! 마이클은 에일리 옆에 무릎을 꿇고 앉았다. 아이들은 서로 껴안고 울기 시작했다. 울음소리에는 두려움이 가득했다.

"난 큰 형들과 어울려 하키를 하고 싶었어. 그리고 언젠가는 말 타는 것도 배우고, 내 집도 갖고 싶었어."

마이클이 말했다.

"나는 레이스가 달린 예쁜 드레스와 머리핀이 갖고 싶었어. 그리고 어른이 되면, 사랑하는 사람을 만나 엄마처럼 결혼을 하고 아기도 낳고 싶었어."

에일리가 흐느꼈다.

에일리와 마이클은 페기를 쳐다보았다. 페기는 어느 정도 울음을 그친 상태였다.

"내 인형을 갖고 싶었어. 학교에도 가고 싶었고. 난 에일리 언니처럼 되고 싶었어."

페기가 떨리는 목소리로 말했다.

에일리는 감정이 북받쳐서 동생들을 꽉 껴안았다. 동생들이 너무나도 사랑스러웠다. 그리고 무엇보다도 슬픔으로 가슴이 터질 것만 같았다.

갑자기 페기가 웃기 시작했다.

"오빠 좀 봐. 얼굴은 눈물범벅에다 눈이 새빨개."

그러자 마이클도 누이들을 쳐다보았다. 누이들의 머리는 헝클어지고, 토끼 눈에 콧물까지 흘리고 있었다. 마이클은 딸꾹질을 하듯이 웃음을 터뜨렸다. 에일리도 어이가 없어서 절로 웃음이 나왔다. 아이들은 콧물을 닦으며 큰소리로 떠들었다.

"우린 정말 바보들이야."

에일리가 우스갯소리를 했다.

"이렇게 살아 있잖아. 지치고 배고프고 엄마와 아빠도 안 계시지만 우리에겐 서로가 있어. 아직까지는 걸을 힘도 있고, 먹을 것을 찾으러 다닐 수도 있어. 우린 반드시 나노와 레나 할머니에게 갈 거야. 몇 달이 걸리더라도."

한바탕 울고 나니 한결 기분이 나아졌다. 아이들은 기운이 나서 다시 마음을 굳게 먹었다.

숲길은 약간 오르막길로 변했다. 아이들은 해가 질 때까지만 숲길을 따라 걷고, 밤은 숲에서 보내기로 했다. 내일 아침이 되면 다시 큰길로 나가야 할 것이다.


큰길로 나갔지만, 전과 달리 사람이 별로 없었다. 장례 행렬이 두 번 지나갔다. 조금 뒤, 중년 부인 두 사람이 에일리에게 말을 걸었다. 그 중 한 사람은 몹시 약해 보이는 아기를 숄로 감싸 안고 있었다. 그들은 근처 마을에 떠다니는 흉흉한 소문들을 에일리에게 알려 주는 게 자기들의 임무라도 되는 것처럼 떠들어댔다.

"얘야. 던버러에 있는 작은 마을 얘기 들었니? 불쌍한 늙은 신부님이 네 집을 방문했는데, 사람들이 모두 열병으로 죽어서 집 안에는 커다란 쥐들만 바글바글하더래. 그래서 마을 어귀에서 조금 떨어진 곳에다 구덩이를 파고 죽은 사람들을 모두 다 그 구덩이에 파묻었단다."

부인들은 계속해서 이야기를 들려주었다. 앞에 한 이야기보다 더 끔찍한 이야기였다. 에일리는 현기증이 나서 풀밭에 주저앉았다. 마이클과 페기가 무슨 일인가 보러 왔다. 부인들은 혹시 열병이 아닌가 겁이 덜컥 나서 얼른 줄행랑을 쳤다. 에일리는 기분이 나빠진 이유를 동생들에게 말하지 않았다.

멀리 들판 너머에서 한 무리의 사람들이 무언가를 하고 있었다. 길을 걷던 남자 두 사람이 돌담을 넘어 그쪽으로 갔다. 아이들은 따라가 보기로 했다. 그곳으로 가까이 가자. 허름한 옷을 입은 사람들이 쭈그리고 앉아서 순무를 캐고 있는 광경이 똑똑히 보였다. 어떤 할아버지가 말하길, 혼자 살던 늙은 농부가 오늘 아침에 열병으로 죽었으며, 가난한 사람들이 살기 위해 남의 밭에서 순무를 캐 가는 것은 죄가 아니라고 했다. 아이들은 흩어져서 손으로 축축한 땅을 헤집으며 작은 순무들을 캐기 시작했다. 에일리가 순무들을 모아서 자루에 넣었다. 몇몇 사람들은 캐 낸 순무를 흙도 털지 않고 그 자리에서 우걱우걱 씹어 먹었다. 에일리는 눈을 돌렸다. 반시간 정도 지나자 밭은 추수가 끝난 것처럼 깨끗이 비었다. 사람들은 흩어져서 제각기 갈 길을 갔다.

예전에는 동물 사료로나 쓰던 작물이었지만 세 남매는 자루가 거의 찼다는 사실이 기쁘기만 했다. 아이들은 돌담을 넘어 계속 길을 갔다. 들에는 들꽃과 토끼풀이 융단처럼 깔려 있었다. 벌들이 윙윙거리며 머리 위로 날아다녔고. 따가운 햇볕이 내리쬐어 축축한 땅을 말려 주었다. 그렇게 2마일 가량을 더 걷자. 햇살이 눈부시게 반사되는 수면이 나타났다. 호수였다.

호수는 끝이 어딘지도 모를 만큼 넓었다. 가장자리엔 길고 가느다란 갈대들이 자라고 있었고. 맑은 물 아래로 깨끗한 모래와 자갈밭이 드러나 보였다.

아이들은 짐을 벗어 던지고 물속으로 뛰어 들었다. 그곳은 천국이었다. 아이들은 서늘한 호수에 몸을 담그고 물장난을 쳤다. 고개를 처박고 물을 한입 가득 머금은 다음. 서로에게 뿌리기도 했다. 그러고 나서 물 밖으로 나와 풀밭에 드러누워 햇볕에 몸을 그을렸다. 15분쯤 지나 아이들은 다시 호수로 들어가 몸을 식혔다. 호수 한가운데에서 들새들이 자맥질하며 잔잔한 수면에 물결을 일으켰다.

마이클은 새들이 물고기 낚는 것을 보고 있었다. 낚시 도구만 있다면 얼마나 좋을까? 그러나 지금 마이클에게는 줄도 그물도 없었다. 마이클은 물고기들이 물풀 사이를 들락날락하거나 연잎 근처에서 햇볕 쬐는 모습을 지켜보았다. 하지만 어떻게 고기를 잡지? 바로 그것이 문제였다.

마이클이 물고기를 잡고 싶다고 하니까, 에일리가 갑자기 뛰어가더니 음식 자루를 비워서 가져왔다.

"이거면 될 거야. 한번 해 봐."

마이클은 처음에는 미심쩍은 표정을 지었다. 그러나 곧 물가의 버드나무에서 가지를 꺾은 다음, 잎을 떼어 냈다. 가지는 가벼우면서도 단단했다. 마이클은 자루 위쪽의 작은 구멍에 가지를 끼웠다. 그리고 자루의 주둥이를 벌려 물속에서 가만히 잡고 있었다.

마이클은 한참 동안 꼼짝도 하지 않았다. 호기심 많은 작은 물고기 두세 마리가 왔다 갔다 하더니, 드디어 한 마리가 자루 속으로 들어왔다. 마이클이 재빨리 자루를 들어 올렸지만 물고기는 달아나 버렸다. 한 시간 정도가 흐른 뒤에야 드디어 물고기를 잡는 데 성공했다. 마이클은 자루를 얼른 물 밖으로 들어 올렸다. 물고기가 자루 밖으로 나오려고 버둥거렸지만, 마이클은 자루를 잽싸게 물가로 던졌다. 은빛 물고기가 팔딱거리다가 이내 잠잠해졌다. 마이클은 이런 방법으로 작은 물고기 두 마리를 더 잡았다.

먹을거리는 생겼지만 물고기를 날 것으로 먹을 수는 없었다.

"불을 피워야 해."

언니나 오빠는 당연히 피울 수 있지 않냐는 표정으로 페기가 둘을 쳐다보았다. 마이클과 에일리는 서로의 얼굴만 바라볼 뿐이었다. 둘 다 불을 피울 줄 몰랐으니까.

"부싯돌을 부비면 불을 피울 수 있대."

마이클이 말을 꺼냈다.

"어떻게 하는지 알아?"

에일리가 물었다.

마이클은 가까운 곳에서 부싯돌처럼 보이는 돌 두 개를 찾아냈다. 에일리와 페기는 마른 풀과 나뭇가지들을 모아서 쌓았다. 마이클이 돌들을 부비기 시작했다. 몇 분이 지나자 마이클은 손이 아프다며 에일리에게 돌들을 넘겼다. 그건 정말 힘든 작업이었다. 불꽃이 튀긴 했지만. 좀처럼 나뭇가지로 옮겨 붙지 않았다. 불꽃에 손가락을 덴 에일리는 짜증이 나서 돌을 던져 버릴 뻔했다. 그런데 바로 그 순간. 불꽃이 마른 풀에 옮겨 붙더니 연기가 나기 시작했다. 에일리는 조심스럽게 후후 불며 불꽃을 살렸다. 하느님이 간절한 기도에 답해 주신 것일까? 갑자기 불길이 일어나기 시작했다.

"난 언니와 오빠가 해낼 줄 알았어."

페기가 의기양양하게 말했다.

마이클은 칼로 물고기의 머리를 떼어 내고 배를 반으로 갈랐다. 그러고는 호숫물에 물고기를 깨끗하게 씻었다.

페기가 평평한 돌을 찾아오자. 마이클은 그 돌을 불 바로 옆에 놓았다. 그리고 그 돌 위에 생선을 올려놓고 굽기 시작했다. 에일리는 불 위에 냄비를 건 다음. 순무 여섯 개를 큼지막하게 잘라 넣었다. 맛있는 냄새가 사방으로 퍼졌다. 아이들은 이 만찬이 누구에게도 발견되지 않게 해 달라고 속으로 기도했다. 이렇게 맛있는 식사는 생전 처

음이었다. 살짝 그을린 물고기는 고소했고. 달콤한 순무는 입 안에서
살살 녹았다. 마치 임금님의 식사 같았다. 그날 밤. 아이들은 배불리
먹고 따뜻하게 잠이 들었다. 에일리는 이렇게 아름다운 곳에서 며칠
동안 머물고 싶은 마음이 굴뚝같았지만. 다시 길을 떠나기로 했다.

# 개에게 쫓기다

다음 날엔 태양이 다시 따갑게 내리쬐었다. 땅이 매우 건조했기 때문에, 마이클은 물을 한 통 부어 불씨가 완전히 꺼졌는지 확인했다. 에일리는 먹다 남은 물고기를 나뭇잎으로 싸서 자루에 넣었다. 여행을 하기에는 딱 좋은 날씨였다. 아이들은 호밀밭을 지나면서 될 수 있는 한 많이 이삭을 모았다. 그리고 다시 좁고 구불구불한 시골 길을 따라 걸었다.

조금 뒤. 멀리서 개 짖는 소리가 들려왔다. 점점 소리가 가까워지고 있었다. 에일리가 뒤를 돌아보니 여러 마리의 개가 쫓아오는 것이

보였다. 모두 여섯 마리였는데 제정신이 아닌 듯했다. 우두머리는 몸집이 크고 털이 까만 콜리였다. 콜리가 두 마리 더 있었고, 나머지 세 마리는 잡종처럼 보였다. 개들의 털은 칙칙하고 더러웠으며, 모두 입을 벌린 채 숨을 헐떡이고 있었다. 뼈만 남아 앙상했고, 그 가운데 두 마리는 옴까지 앓고 있었다. 무엇보다도 에일리를 두렵게 한 것은 개들의 눈이었다. 그 눈에는 광기가 서려 있었다.

"갑자기 움직이면 안 돼. 천천히 걸어. 뛰지 말고."

에일리가 속삭였다.

아이들은 몸이 완전히 굳어 버렸다. 개들은 점점 다가왔다. 이윽고 콜리 두 마리가 아이들의 둘레를 빙빙 돌기 시작했다. 아이들은 그 자리에 얼어붙어 숨도 쉴 수 없었다. 페기는 눈을 꼭 감았다. 그 가운데 한 마리가 페기의 허벅지에 코와 입을 갖다 댔다. 페기는 머리부터 발끝까지 몸을 덜덜 떨었다. 콜리는 이빨을 드러내고 목구멍 깊숙한 곳에서부터 으르렁 소리를 내기 시작했다. 다른 잡종 개 두 마리도 덩달아 으르렁댔다.

어린 페기로서는 견디기가 힘들었다. 마치 꿈에서 깨어난 사람처럼 페기가 갑자기 뛰기 시작했다. 그 순간을 기다렸다는 듯 콜리가 앞발을 들고 페기에게 달려들었다. 페기는 개를 뿌리쳤다. 그러나 콜리는 페기의 팔에 이빨을 박고 마치 뼈다귀라도 빼내려는 듯 물고 늘어지기 시작했다. 페기는 너무 아파서 비명을 질렀다.

눈앞에 벌어진 광경에 에일리는 온몸이 마비되는 것 같았다. 너무 놀라서 신음조차 나오지 않았다. 마이클이 돌을 집어 던지는 걸 보고 에일리는 퍼뜩 정신을 차렸다. 에일리는 소리를 지르며 콜리와 한쪽 귀밖에 없는 무섭게 생긴 잡종 개에게 돌을 집어 던졌다. 그러자 개들이 짖어 댔다. 마이클이 미친 듯이 도랑을 뒤지며 뭔가를 찾기 시작했다. 에일리가 콜리의 목덜미를 잡고 페기에게서 떼어 내려고 했지만 콜리는 페기를 물고 놓아 주지 않았다. 페기는 기진맥진해서 땅바닥에 반쯤 무릎을 꿇었다. 이제 곧 콜리가 페기를 땅바닥에 쓰러뜨릴 것이다. 작은 테리어가 에일리의 뒤꿈치를 물어 피가 뚝뚝 떨어졌다.

그 순간, 에일리는 자기의 두 눈을 의심했다. 마이클이 몽둥이 하나를 들고 달려오더니 콜리에게 휘두르는 것이 아닌가. 마이클은 반쯤 정신이 나가 자기가 무엇을 하는지도 모르는 것 같았다. 마이클이 콜리의 머리를 내리쳤다. 페기는 눈을 감고 무릎을 꿇었다. 마이클은 계속해서 몽둥이로 개를 내리쳤다. 마침내 콜리가 낑낑대며 페기의 팔을 놓았다. 마이클이 마지막 힘을 다해 다시 한 번 내리치자 콜리는 땅바닥에 쓰러져 죽고 말았다.

에일리는 페기에게 달려갔다. 페기는 얼굴이 백짓장처럼 새하얗게 질려 울음소리조차 내지 못하고 있었다.

"아, 하느님! 이제 괜찮아, 페기. 그 개는 죽고, 다른 녀석들은 달아났어. 이제 괜찮아. 나쁜 개들이 다 도망쳤어."

에일리는 이 말이 페기에게 하는 것인지, 아니면 자기에게 하는 것인지 알 수 없었다.

마이클은 우두커니 길가에 서 있었다. 너무 충격을 받아 저절로 무릎이 꺾였다.

에일리는 물통을 가져와 페기의 입술에 갖다 댔다. 그리고 물을 마시게 해서 페기를 진정시켰다. 그런 다음, 페기의 손목과 팔꿈치 사이에 물을 부어 피와 개의 입에서 묻은 침을 깨끗이 씻어 냈다. 페기의 팔에 깊은 이빨 자국이 나 있었다. 어떤 데는 살이 찢어져 피가 심하게 흘렀다. 다행히도 에일리는 전에 마이클이 다쳤을 때 썼던 붕대를 깨끗이 말려 보관하고 있었다. 에일리는 메리 케이트 할머니가 주신 연고를 꺼내 조심스럽게 페기의 팔에 바르고 붕대를 감아 주었다. 조금 지나자 페기의 숨이 규칙적으로 돌아오고, 얼굴에도 핏기가 돌았다. 에일리는 자기도 뒤꿈치에 물린 상처를 씻고 연고를 발랐다.

마이클은 양손으로 머리를 감싸 쥔 채 돌담에 앉아 있었다. 땀에 젖은 검은 곱슬머리가 이마에 달라붙어 있었다. 에일리는 마이클에게 다가가서 안아 주었다.

"내가 살아 있는 동물을 죽이다니······."

마이클이 중얼거렸다.

"하지만 덕분에 페기를 구했잖아. 그리고 그 개는 차라리 죽는 편이 나았을 거야."

에일리가 말했다.

"그렇겠지."

마이클이 마지못해 대답했다.

페기는 여전히 몸을 덜덜 떨었지만. 한 시간 정도가 지나자 다시 걸을 수 있게 되었다. 이 길을 따라 계속 걷는다면. 내일 아침에는 발리커베리 마을에 도착할 것이다.

# 항구에서

"오빠, 저기 봐. 보여?"

페기가 울타리 위에 서서 바다를 가리켰다.

울타리 사이로 언뜻언뜻 푸른 바다가 보였다. 하얀 거품을 내며 파도가 달려오고, 공기에서는 짠 냄새가 났다. 짙푸른 하늘에는 태양이 빛나고 있었다. 구름 한 점, 바람 한 점도 맥을 못 추는 더운 날이었다.

발리커베리에 도착할 즈음 아이들은 땀을 너무 많이 흘려 온몸이 끈적끈적해져 있었다. 아빠한테도 고깃배들이 가득한 이 분주한 항구에 대해 들어 본 적이 있었다. 거리는 사람들로 넘쳐났다. 아마도 장날인 것 같았다. 지저분한 거지들이 거리를 어슬렁거렸지만, 다른 한쪽에는 장사를 하는 사람들도 있었다. 사람들을 가득 태운 마차가 두세 대 지나갔다. 잡화점 바깥에는 사람들이 몰려 있었다. 이곳에서는 물자 부족이 그리 심각해 보이지 않았다. 귀부인들과 어린 소녀들이 포목점으로 향하고 있었다. 포목점의 진열장은 커튼과 리본들로 장식되어 있었고, 화려한 모자들이 모자걸이에 걸려 있었다. 가게 뒤편으로 돌아가 보니, 소 떼와 스무 마리 정도 되는 양들이 경매장에 나와 있었다. 마이클은 달려가서 구경꾼들 틈에 섞였다. 이처럼 풍요로운 모습을 다시 보게 되다니 꿈만 같았다.

바로 그때 광장 쪽에서 소동이 벌어졌다. 수레 다섯 대가 한 줄로 늘어서 천천히 다가오고 있었다. 나무로 된 수레는 무거운 짐 때문에 삐걱거렸다. 그 짐은 바로 곡식 자루들이었다! 어디에서 나타났는지 군인 여섯 명이 수레가 기는 길을 지키고 있었나.

거지들과 지나가던 사람들이 삼삼오오 모여들더니 무리를 이루기 시작했다. 아이들도 그 안에 묻혀 버렸다. 다들 굶주리고 지쳐 있었으며, 가진 것을 모두 잃고 상심한 사람들이었다. 수레는 계속 앞으로 나아갔다. 몰려드는 사람들 때문에 말들의 신경이 날카로워지자 마부가 웅얼웅얼 불평을 늘어놓았다. 수레는 광장을 돌아 약간 내리막길로 들어섰다. 사람들은 서로 밀고 밀치면서 조용히 그 뒤를 따라갔다. 말 한 마리가 미끄러졌다가 다시 일어났다. 페기는 무언가 나쁜 일이 일어날 것만 같은 예감에 에일리의 손을 꼭 잡았다.

아이들은 숨을 몰아쉬며 길이 끝나는 곳에 도착했다. 눈앞에 항구가 펼쳐져 있었다. 부두에 정박해 있는 두 척의 배가 물결에 가볍게 출렁이고 있었다. 한쪽 편에는 커다란 창고가 있었는데, 일꾼들이 그곳에서 커다란 통들을 데굴데굴 굴려 배에 싣고 있었다. 턱수염을 기른 덩치 큰 남자 두세 명이 수레로 다가와 곡식을 내리기 시작했다. 사람들이 술렁거렸다. 금방이라도 폭발할 것만 같은 분위기였다.

"그 곡식들을 어디로 가져가는 거요?"

한 노인이 용기를 내어 물었다.

"영국이요."

퉁명스런 대답이 돌아왔다.

허리가 구부정한 노인은 슬픈 표정으로 고개를 절레절레 흔들었다. 여기저기서 웅성거리는 소리가 들렸다. 그 동안에도 일꾼들은 수레의 짐을 계속 내렸다. 벌써 수레 두 대가 텅 비어 다른 곳으로 향했다.

붉은 머리의 키 큰 남자가 군중들 앞으로 나섰다. 덩치가 큰 남자였지만, 근육이 빠져서 그런지 힘이 세 보이지는 않았다.

"어리석은 짓은 그만두시오."

남자가 소리쳤다.

"당신들은 장님이오? 여기 굶어 죽어 가는 동포들이 안 보입니까."

아무도 대답하지 못했다. 일꾼들은 묵묵히 일을 계속하고, 군인들이 모여들었다. 이제 나머지 수레들도 거의 비어 가고 있었다.

"우린 굶주리고 있어요. 동포들이 굶고 있다고요."

키 큰 남자가 다시 한 번 소리쳤다. 그의 눈에는 눈물이 맺혀 있었다. 그러자 스무 명 정도의 목소리가 하나로 합쳐져서 한꺼번에 터져 나왔다.

"동포들이 굶고 있다!"

책임자인 듯한 군인이 앞으로 나왔다.

"흩어지시오. 문제를 일으키지 말란 말이오. 이 곡식들은 돈을 받고 파는 것이오."

"우린 아일랜드 사람들이오. 그런데 우리의 식량이 외국으로 나가고 있소. 아일랜드 땅에서 기른 곡식으로 영국인들의 배를 채우다니, 그동안 우리 동포들은 배를 곯며 굶어 죽어 가고 있단 말이오."

붉은 머리의 남자가 울분에 차서 말했다.

"이젠 더 이상 참을 수 없소."

남자는 앞으로 나가 곡식 자루를 잡으려 했지만, 군인 한 명이 그를 쳐서 땅에 쓰러뜨렸다. 군중들은 놀라서 헉 소리를 내면서 한 걸음 뒤로 물러섰다.

그리고 에일리가 어찌된 영문인지 깨닫기도 전에, 깡마른 청년 몇 명이 수레 위로 뛰어오르더니 칼로 자루들을 갈랐다. 곡식이 줄줄 새

100

어 나오기 시작하더니 이윽고 길바닥으로 쏟아져 내렸다. 군인들은 몰려든 사람들을 곤봉으로 후려치면서 말 머리를 창고 쪽으로 돌리려고 애썼다. 세 남매는 정신없이 곡식을 호주머니와 자루 속에 담고는, 걸음아 날 살려라 하고 줄행랑을 쳤다. 그 뒤에 일어나는 일은 보고 싶지도 않았다. 다른 사람들도 사방으로 흩어져 달아났다.

"이제 어쩌지, 누나?"

마이클이 물었다.

"난 여기가 싫어. 너무 위험해. 어서 떠나자."

에일리와 페기도 같은 생각이었다. 아이들은 서둘러 시내를 벗어났다. 그리 멀리 가지 않아서 아이들은 양 떼를 몰고 가는 농부를 만났다. 농부는 수상하다는 눈초리로 아이들을 바라보았다.

"죄송하지만, 캐슬태거트 마을을 아세요? 이 길이 맞나요?"

마이클이 물었다.

농부는 길을 멈추고 아이들을 바라보았다. 꾀죄죄하고 지쳐 보였지만 집에 있는 자식들과 똑같은 아이들일 뿐이었다.

"그래, 맞다. 이 해안가로 난 길을 따라 몇 마일을 더 가거라. 가는 동안 내내 바다가 보일 거야. 그런 다음, 산을 끼고 돌아 시골 길을 지나면 큰 길이 나올 거다. 그 길을 따라 가면 도착할 거야. 꽤 먼 길이니까 가다가 또 물어 보렴."

농부는 다시 길을 가려다가 멈춰 서더니 주머니에 손을 집어넣었다. 그러고는 작은 빵 한 덩어리와 커다란 치즈 한 쪽을 꺼냈다.

"이거 받아라."

농부가 빵과 치즈를 마이클에게 던졌다. 마이클은 가까스로 그것을 받았다.

아이들은 잠시 멍한 상태로 서 있었다. 이제 불운이 끝나는 것일까? 적은 양이지만 곡식도 있고 순무도 남아 있는데, 빵과 치즈까지 생기다니! 게다가 이 여행도 곧 끝날 것 같았다.

바다로 이어지는 내리막길은 초록빛 초원이었다. 아이들은 돌담을 넘었다. 바닷가에 와 본 적이 없었기 때문에 바다를 가까이에서 보고 싶었다. 그들은 키가 큰 풀들을 헤치고 바다를 향해 걸어갔다. 눈앞에 펼쳐진 풍경은 믿을 수 없을 만큼 아름다웠다. 내리막길은 들쭉날쭉 깎아지른 듯한 절벽과 가파르게 맞닿아 있고 그 절벽에 파도가 부딪치고 있었다. 아이들은 신선한 공기를 들이마셨다. 소금기가 배어 있는 공기였다. 이렇게 광활한 풍경은 상상조차 해 본 적이 없었다. 바다가 끝나는 곳에서 하늘이 시작되고 있었다. 저 멀리에 한 점 얼룩처럼 보이는 배 한 척이 떠 있었다.

아이들은 앉아서 쉬기에 적당한 곳을 찾아냈다. 그리고 갈매기들이 원을 그리며 절벽 위아래로 날아다니는 것을 구경했다. 가마우지가 물속으로 잠수했다가 물고기를 입에 물고 다시 나타났다. 주위는 고요하고 따뜻했다.

마이클이 빵과 치즈를 나누어 주었다. 신선한 빵을 먹어본 지가 언제인지 기억조차 나지 않았다. 에일리는 엄마가 빵을 굽던 때를 떠올렸다. 빵 냄새가 집 안을 가득 채우면 세 남매는 빵이 채 식기도 전에 단숨에 먹어 치우곤 했다. 갑자기 목이 메이며 고향 마을이 그리웠다. 이렇게 낯선 곳에서 고향을 떠올리다니. 두 눈에 고인 눈물을 동생들이 알아차릴까 봐 에일리는 얼른 바다를 바라보는 척했다. 아이들은 담요를 펴고 드러누웠다. 그리고 멀리서 들려오는 파도 소리를 들으며 잠이 들었다.

잠에서 깨어난 아이들은 바다 공기를 깊게 들이마셨다. 그런 다음 다시 초원을 지나 먼지투성이 길로 돌아왔다.

# 밤길

건조한 날들이 계속되었다. 사정없이 태양이 내리쬐었다. 한낮이 되자, 아이들은 나무 그늘을 찾아 세 시간 가량 휴식을 취했다. 뜨겁게 달궈진 도로에 발바닥이 탈 것 같았다. 작은 박새와 참새 들이 재잘거리며 물을 찾아 날아다니고 있었다. 시내와 개천이 모두 말라 버려, 아이들은 물통에 물을 채울 수가 없었다. 저 멀리서 푸른 바다가 마치 약을 올리듯 넘실거렸다. 그러나 소금물을 마시면 갈증이 더 심해진다는 사실은 누구나 알고 있었다. 아이들은 목이 타서 풀을 씹고, 덜 익은 딸기를 따 먹었다. 심지어는 나무줄기를 빨아먹기도 했다. 목마름을 없앨 수만 있다면 뭐든 닥치는 대로 먹었다. 입술이 마르고 갈라졌다. 목마름은 배고픔보다 더 참기 힘들었다.

길모퉁이를 돌았을 때. 아이들은 놀라서 발길을 멈추고 눈앞의 광경을 바라보았다. 모든 것이 새카맣게 그을려 있고. 여기저기서 아직도 검은 연기가 피어오르고 있었다. 풀 한 포기조차 눈에 띄지 않았다.

탄 냄새가 밀려들자. 아이들은 수건으로 코와 입을 막았다.

"누가 불을 피우고 완전히 끄지 않았나 봐. 이렇게 건조한 날씨에는 불길이 사방으로 번질 거야."

마이클이 말했다.

너무나도 적막하고 조용했다. 새나 곤충이나 짐승이 한 마리도 보이지 않았다. 사방이 너무 고요했다. 초목과 들꽃들이 가득했을 들판은 벌거벗은 땅으로 변해 버렸다.

"우리가 지옥에 온 거야?"

페기가 야윈 얼굴을 찡그러뜨리며 물었다.

"아니야. 불에 타서 그래. 어서 여기를 벗어나자."

에일리가 말했다.

한참을 걷다 보니. 조금씩 제 색깔을 찾고 있는 들판이 나타났다. 웃자란 마른 풀들이 무성했다. 페기가 무당벌레를 발견하고 조심스럽게 손으로 잡았다. 그리고 벌레에게 말을 건넸다. 그런 모습을 보며 에일리는 페기가 얼마나 어린지를 새삼 깨달았다. 그리고 겨우 일곱 살밖에 안 된 여자아이가 지금까지 얼마나 용감했는지 감탄했다.

쉴 만한 곳이 없었기 때문에, 아이들은 물을 찾아서 계속 터벅터벅 걸었다. 이윽고 도랑 하나가 나타났다. 키가 큰 풀과 덤불 들이 따가운 햇볕으로부터 도랑을 가리고 있었다. 아이들은 축축한 진흙에 무릎을 꿇었다. 아직 회색으로 말라붙지 않은 진갈색 흙이었다. 도랑이 너무 얕아서 물통으로 물을 뜨기가 힘들었다. 아이들은 손으로 진흙투성이 물을 떠 마셨다. 목마름이 완전히 가실 정도는 아니었지만 그래도 어느 정도는 도움이 되었다. 아이들은 기진맥진한 상태가 되어 너도밤나무 그늘 아래에 자리를 잡았다.

"이제 어쩌면 좋지?"

에일리의 생각이 입 밖으로 나와 버렸다.

페기는 어느새 꾸벅꾸벅 졸고 있었기 때문에 에일리의 말을 듣지 못했다. 마이클이 졸음에 겨워 눈을 반쯤 감은 채로 중얼거렸다.

"낮에 다니지 말고 시원한 밤이나 새벽에 걷는 건 어떨까?"

그럴 듯한 생각이었다. 에일리는 좀 더 일찍 이 생각을 하지 못한 자신을 꾸짖었다. 맞아. 이제부턴 밤에 걸어야지.

어둠 속의 시골은 한낮의 풍경과는 전혀 달랐다. 다행히도, 하늘에 구름이 없어서 달빛이 길을 환하게 비춰 주었다. 아이들은 지쳐 있었지만, 쉬지 않고 먼 거리를 걸을 수 있었다. 산울타리를 지날 때면

뭔지 모를 것들이 후다닥 도망치는 소리가 들렸다. 페기는 괴물이 자기를 덮칠 것 같다며 에일리와 마이클에게 바짝 붙었다. 낯선 풍경과 소리들이 주위를 감쌌다. 올빼미가 사냥을 나가며 날카로운 울음소리를 내거나 먹이를 덮치는 날갯짓 소리를 낼 때면, 아이들은 화들짝 놀라 도망쳤다. 밤은 사냥꾼들의 시간이었다. 아이들은 그런 동물들을 만날 때마다 두려움에 떨며 어두운 곳으로 숨었다.

한번은 혼자서 어슬렁거리는 오소리를 만나기도 했다. 아이들은 오소리를 방해하지 않으려고 숨을 죽였다. 거기서 한 시간쯤 더 가서는 굴 밖에 나와 서로 할퀴고 쫓으며 노는 암여우와 새끼들을 만나기도 했다. 아이들은 슬그머니 그곳을 지나왔다.

다음 날 밤이 되자, 바다가 보이지 않는 대신 산허리가 가까워졌다. 제대로 가고 있는 것 같았다. 이런 식으로 계속 간다면 며칠 안에 캐슬태거트에 도착할 것이다. 그리고 그곳에서 이들을 돌봐 줄 친척을 찾을 수 있을 것이다.

이튿날은 날씨가 푹푹 쪘다. 입과 목이 바짝바짝 타서 숨을 쉬기가 힘들 정도였다. 바람 한 점 불지 않았다. 새들도 노래하지 않았다. 참 이상한 광경이었다. 눈앞에 돌아다니는 것이라고는 꽃과 꽃 사이를 게으르게 날아다니는 이름 모를 나비 한 마리 뿐이었다. 그날 밤, 아이들이 막 길을 떠나려고 하는데 멀리서 낮게 우르릉, 하는 소리가 들려왔다. 아이들은 두려움에 떨며 담요를 끌어 덮었다.

# 폭풍

 우르릉대는 소리가 점점 더 커지며 가까이 다가왔
다. 주황색과 회색이 뒤섞인 하늘에 한 줄기 빛이 번쩍
하더니, 이내 대지를 뒤흔드는 듯한 요란한 소리가 났
다. 이렇게 사나운 천둥소리는 처음이었다. 산머리에서 들판으로 길
고 굵은 번개가 내리쳤다.

아이들은 겁에 질렸다. 세상의 종말이 온 것은 아닐까? 아이들은
목숨을 살려 달라고 큰소리로 기도했다.

페기는 덜덜 떨면서 언니와 오빠 사이에 몸을 숨기고 숄과 담요를
머리에 뒤집어썼다. 에일리는 떨리는 몸을 진정시키고 무서움을 참

으려고 애썼다.

몇 분 간격으로 하늘이 환해지면서 번개가 사방에 불을 붙이는 것 같았다. 천둥소리에 귀가 멀 것만 같았다. 마치 거대한 먹구름들이 서로 대포를 쏘며 싸우는 듯했다. 어린아이들에게는 생전 처음 겪는 경험이었다. 천둥은 가끔씩 잠잠해지는가 싶다가도 이내 우르릉 쾅 쾅. 하며 되풀이되었다.

시간이 지나자 조금 괜찮아졌는지 마이클이 재미있는 이야기를 시작했다. 거대한 거인 둘이 구름 위의 세계에서 서로 싸우며 죽이려 고 한다는 내용이었다.

"내 공격을 받아라."

천둥이 칠 때 마이클은 이렇게 말했다.

"내 칼로 너를 베어 버리겠다."

번개가 칠 때에는 또 이렇게 말했다.

싸움은 몇 시간 동안 계속되었다. 나중에는 페기까지도 이야기에 살을 붙였다. 그러나 밖의 광경은 보고 싶지 않은지. 머리를 여전히 담요에 파묻은 채였다.

그러다 시작할 때 그랬던 것처럼 저 멀리 희미한 소리만 남기며 천 둥이 잦아들었다.

에일리의 콧등으로 빗방울이 하나 떨어졌다. 그리고 또 한 방울 이 떨어지더니. 갑자기 하늘에 구멍이라도 난 것처럼 비가 억수같이 쏟아졌다. 아이들은 순식간에 흠뻑 젖어 버렸다. 빗방울이 너무 굵어서 살갗이 따가웠다. 마치 벌 떼에 쏘이는 것 같았다. 아이들은 숨을 가다듬었다. 그리고 입을 벌려 빗물을 받아 마셨다. 딱딱하게 굳어 있던 발밑의 땅이 점점 부드러워지며 진흙으로 변해 갔다.

사나운 빗줄기였지만, 세상 만물이 기지개를 켜며 마음껏 물을 빨아들이는 듯했다. 자연이 다시 살아나고 있었다. 가득해진 시내와 강이 들판을 가로질러 흘렀다. 순식간에 물통이 가득 찼다.

마이클은 담요를 벗어 던졌다. 그리고 동쪽 하늘에서 밝아 오는 빛을 받으며 춤을 췄다. 마이클의 몸을 씻어 내린 빗물은 흙탕물이 되어 사방으로 튀었다.

몇 시간이 지나자 비가 그쳤다. 해가 다시 빛났지만, 예전처럼 따갑게 내리쬐지는 않았다. 이제는 낮에도 걸을 수 있었다.

# 페기의 열병

에일리는 도무지 이해할 수가 없었다. 지난 이틀 동안은 부족한 게 없었다. 마실 물도 충분했고, 곡식도 공평하게 나눠 먹었다. 우거진 딸기 덤불과 작은 개암나무를 발견하기도 했다. 그러나 페기는 줄곧 짜증을 내고 투덜거리며 뒤로 쳐졌다. 마이클과 에일리가 번갈아 가며 페기의 팔을 잡아 끌어야만 했다. 페기는 계속 앉아서 쉬자고 졸랐다. 배고프고 기진맥진한 건 페기만이 아니었다. 이들 모두가 그랬다.

에일리는 때때로 너무 마음이 상해서 페기를 때려 주고 싶은 생각

까지 들었다. 자기가 말을 듣지 않을 때 엄마의 마음이 어땠을지 이제
야 이해할 수 있을 것 같았다. 페기는 울음을 터뜨리며 주저앉았다.
에일리는 마음을 추스르며 페기의 좋은 점을 떠올리려고 애썼다. 마
이클은 계속해서 페기를 놀렸다. 그건 마이클 나름대로 화를 다스리
는 방법이었다. 아이들은 이제 산허리를 돌았다. 조금만 더 가면 캐
슬태거트로 향하는 길에 들어설 것이다. 여행이 거의 끝나 가고 있었
다. 에일리는 엄마와 아빠를 만나 다시 집으로 돌아갈 꿈에 부풀었
다. 마을 사람들이 모두 나와서 우리를 반겨 줄 거야. 그리고······.

"누나, 누나! 빨리 와 봐! 페기가 이상해."

마이클이 소리쳤다.

퍼뜩 정신을 차린 에일리는 거친 풀숲을 헤치고 달려갔다.

"이번엔 또 뭔데? 또 쉬고 싶은 모양이지."

에일리는 짜증이 나서 투덜거렸다. 그러다가 갑자기 말을 멈췄다.
페기가 눈을 감고 숨을 가쁘게 몰아쉬며 땅바닥에 쓰러져 있었다.

"페기! 페기!"

페기는 꼼짝도 하지 않았다.

"아니, 어떻게 된 거야?"

에일리가 무릎을 꿇으며 소리질렀다. 에일리는 페기의 이마를 짚
어 보았다. 이마가 불덩이 같았다. 어깨와 다리, 아니 온몸에 열이 올
라 뜨겁게 타고 있었다.

마이클은 뛰어다니면서 쉴 만한 곳이 없는지 두리번거렸다. 거친 풀밭 한가운데 커다란 산사나무가 서 있었다. 몇 걸음 떨어진 곳에 키 작은 나무들이 우거져 있어, 숨어 있기에 안성맞춤인 장소였다. 마이클은 에일리에게 돌아왔다. 두 사람만의 힘으로는 페기를 들어 올릴 수 없었다. 그래서 담요를 땅바닥에 놓고 페기를 둘둘 말았다. 둘은 양쪽 끝을 잡고 반은 끌고, 반은 들면서 페기를 나무 아래로 데려왔다.

페기는 어떤 일이 벌어지고 있는지 전혀 모르는 것 같았다. 에일리는 페기를 눕히고 담요를 다시 잘 덮어주었다. 걷잡을 수 없는 죄책감이 밀려들었다. 페기가 아프다는 사실을 진작에 알아챘어야 했다. 자기가 셋 중에서 가장 나이가 많고 똑똑한 '꼬마 엄마'가 아니던가!

"열병에 걸린 걸까? 아니면 개한테 팔을 물려서 그런가?"

마이클이 물었다.

에일리가 고개를 저었다.

"나도 모르겠어, 마이클. 하지만 이유가 뭐든 간에 페기는 지금 열이 나고 아파. 요 며칠 동안 몸이 안 좋았었나 봐."

에일리는 메리 케이트 할머니가 주신 약을 떠올렸다. 얼른 단지를 가져와서 가루를 물에 개었다. 그리고 나서 페기의 머리를 들어 올리고 입 안에 약을 흘려 넣었다. 약이 목구멍으로 넘어갈 때 기침을 조금 하더니 페기는 이내 깊은 잠으로 빠져 들었다.

"불을 피울까?"

무언가 도움이 될 만한 것을 찾고 싶은 마음에 마이클이 물었다. 마이클은 부싯돌을 찾고, 마른 가지와 이끼를 닥치는 대로 주워 모았다. 바쁘게 움직이는 게 차라리 나았다. 불길한 생각이나 걱정이 파고들 틈이 없으니까.

마이클이 한 시간 가량이나 애썼지만 불은 붙지 않았다. 에일리도 몇 번이나 시도했다.

"그만 해, 마이클. 나중에 다시 하자."

에일리는 수건을 물에 적셔서 불덩어리 같은 페기의 이마와 뺨에 얹었다. 진갈색 머리가 온통 땀에 젖은 채 페기는 몸을 뒤척였다. 그리고 몇 번이나 잠긴 목소리로 엄마를 불렀다.

"그래, 그래, 페기야."

에일리가 해 줄 수 있는 말은 이것뿐이었다.

그날 낮과 밤 내내, 에일리는 페기 옆에 앉아서 머리를 쓰다듬고 손을 잡아 주었다. 하루에 네 번 약을 먹이고, 열을 식히려고 무진 애를 썼다. 마이클은 쐐기풀과 풀뿌리와 허브를 구해 와서 물과 섞어 부드러운 죽을 만들었다. 밤이 되자 마이클은 꾸벅꾸벅 졸기 시작했다. 그러나 에일리는 안간힘을 다해 깨어 있었다. 페기는 이따금씩 몸을 뒤척이면서 비명을 질렀다. 아마도 개에게 쫓기는 악몽을 꾸는 것 같았다. 눈을 크게 뜨고 허공을 바라보며 "개야, 개!" 하고 소리치다 다시 잠들곤 했다. 지금 페기는 자기가 어디에 있는지, 누구와 있는지 전혀 모르는 것 같았다. 에일리는 '우리 모두 열병에 걸리게 되는 건 아닐까? 내가 아프면 누가 날 보살펴 줄까?' 하는 생각도 들었다. 이런저런 걱정 때문에 머리가 터질 것만 같았다. 에일리는 수시로 페기의 이마에 손을 짚어 보았다. 타는 듯한 열은 내릴 기미가 보이지 않았지만, 황달의 징후는 눈에 띄지 않았다. 그나마 다행이었다. 페기의 피부는 열에 들떠 발그레했고 두 뺨은 붉은 장미빛으로 물들어 있었다.

에일리는 이따금 졸면서도 엄마와 엄마 품에서 잠들어 있던 아기 브리짓을 떠올렸다. 엄마는 브리짓을 따라 하늘나라로 간 것일까? 에일리는 간절하게 기도하기 시작했다.

"페기를 살려 주세요. 병이 낫게 해 주세요⋯⋯."

에일리는 다시 깜박 졸다가 눅눅한 새벽 공기에 잠을 깼다. 등과 팔이 뻣뻣하게 저렸다. 페기는 여전히 깊이 잠들어 있었다. 숨소리는 거칠었지만, 아까처럼 가쁘지는 않았다.

에일리는 잠깐 산책을 하며 기운을 차린 다음, 물통을 가져와서 양치질을 했다. 그리고 잠을 깨기 위해 남은 물을 얼굴에 살짝 뿌렸다. 마이클이 깨면 물을 길러 보내야지. 불을 피울 수 있다면 얼마나 좋을까! 에일리는 부싯돌을 들고 열심히 부비기 시작했다. 마른 이끼에 연기가 나더니 곧 잔가지로 불이 옮겨 붙었다. 새벽이슬에 축축해져 있었지만, 가지들은 불꽃을 탁탁 튀며 타오르기 시작했다. 불을 피웠으니 이제 좀 더 따뜻해질 것이다.

마이클과 에일리는 자기들이 무기력하게 느껴졌다. 페기 곁에 앉아 지켜보는 것 말고는 할 수 있는 일이 거의 없었다. 마이클은 정신 없이 돌아다니며 먹을 수 있는 꽃과 풀, 나뭇잎 따위를 구해 와서 조금 남은 곡식과 함께 물에 넣고 끓였다. 그러나 점점 더해가는 배고픔을 없애기엔 역부족이었다. 마이클은 계속해서 토끼 같은 동물을 찾아 다녔지만, 한 마리도 눈에 띄지 않았다. 절망적인 상황이었다. 이대로 가다가는 마이클과 에일리도 곧 힘이 없어 걷지 못하게 될 것이다. 뭔가 방법을 찾아야만 했다.

아침이 되자, 마이클이 어디론가 사라지더니 굳은 얼굴로 돌아왔다. 손에는 작은 동물 한 마리가 들려 있었다. 털을 벗기고 나서도 먹을 만한 부분이 조금은 남아 있었다. 아이들은 쐐기풀을 넣고 그 동물을 요리했다. 역겨운 냄새가 났다. 에일리는 토할 것 같았지만 꾹 참고, 한 입 한 입 삼켰다.

그날 저녁, 페기를 무릎에 안고 재우던 에일리는 갑자기 궁금해졌다. 만약 톰 달리 씨와 마을 사람들을 따라서 수용소에 갔더라면 어떻게 되었을까? 페기는 아프지 않았을지도 모르고, 매일매일 스튜와 빵을 먹었을지도 모른다. 자신이 잘못된 선택을 해서 그 대가로 모두 목숨을 잃게 되는 것은 아닐까? 에일리는 절망스러웠다. 어쩌면 지금이라도 수용소로 갈 수 있을 것이다. 이 근방에도 수용소가 있을 것이고. 그곳에 가면 도움을 받을 수 있을지도 모른다. 에일리의 머릿속에서 이런 생각이 활활 타올랐다. 에일리는 페기 곁을 떠날 수 없지만. 마이클은 다르다. 마이클이라면 가서 페기를 도와 줄 사람을 불러올 수 있을 것이다.

# 마이클의 필사적인 수색

 마이클은 길을 떠났다. 떠나기 전. 그는 불을 지필 수 있는 땔감을 충분히 마련해 두었다. 혼자 가야 한다는 사실이 두렵고 낯설었지만. 페기 곁에는 에일리가 있어야 했다. 헤어지는 순간. 에일리는 마이클을 꼭 끌어안아 주었다. 마이클은 저만치 가서 마지막으로 뒤를 돌아보았다. 과연 누이들을 다시 만날 수 있을지 자신이 없었다. 어떤 방향으로 가야 하는지는 알고 있었다. 길에서 누군가를 만나 수용소로 가는 길을 알아내야만 했다.

한 시간 반쯤 걸었지만 좁은 시골 길에는 아무도 다니지 않았다.

그런데 길 끝에 있는 다 쓰러져가는 오두막집에서 연기가 피어오르는 게 보였다. 마이클은 부리나케 달려가서 문을 두드렸다. 안에서는 아무런 대답이 없었다. 마이클은 예전에 자기들끼리만 집에 남았을 때를 떠올렸다. 그때에는 그들도 겁에 질려 속임수를 썼었다.

"집 안으로 들어가려는 건 아니에요. 걱정 마세요. 그냥 길만 물어보려고요. 캐슬태거트가 여기서 가깝나요?"

기척이 없자. 마이클은 한 번 더 질문을 되풀이했다.

그러자 낮고 걸걸한 노인의 목소리가 들려왔다.

"지친 다리로는 이삼 일 걸릴 거다."

"그럼 이 근처에 수용소가 있나요?"

마이클이 간절한 목소리로 다시 물었다.

잠시 주저하는 듯 싶더니 노인이 대답했다.

"오리어리 방앗간이 수용소가 되었다고 하더구나. 여기서 반나절쯤 걸리는 곳이야. 큰길을 따라 쭉 가다가 강이 흐르는 곳에서 다리를 건넌 다음. 오른쪽으로 돌면 보일 게다."

그러고는 잠시 망설이다가 말했다.

"하지만 나라면 낯선 사람들 틈에서 죽느니 차라리 내 침대에서 죽겠어."

"고맙습니다."

마이클은 공손하게 인사를 드리고 길을 나섰다.

"하느님이 너를 모든 위험으로부터 보호해 주시기를 기원하마."

마이클은 돌봐 줄 사람도 없이 혼자 남은 할아버지가 측은하게 느껴졌다.

마이클은 쉬지 않고 걸었다. 두어 번 현기증이 나서 자리에 주저앉아 숨을 가다듬어야 했다. 어디선가 강물 소리가 들렸지만 눈에 보이지는 않았다. 좀 더 걸어가자 엇갈린 길이 보이고 다리가 나타났다. 다리 근처에는 두 여인이 주저앉아 있었다. 두 사람 모두 너무 기운이 없어서, 마이클이 지나가는 것조차 알아차리지 못했다.

오래된 방앗간에 도착한 마이클은 눈앞의 광경에 눈을 질끈 감아 버렸다. 수많은 사람들이 길바닥에서 잠을 자며 수용소에 자리가 나기를 기다리고 있었다. 한 발짝도 걸을 수 없는 사람들 뿐이었다. 몇몇 사람들은 가족인 듯, 한데 모여 있었다. 그들은 혼자가 아니라는 사실에 안도하며 누더기나 담요를 덮고 누워 있었다. 건물 안에서는 신음 소리와 울음소리가 끊임없이 들려왔다. 병자들에게서 풍기는 역한 냄새가 진동했다. 어떤 사람들은 소리 높여 기도하고 있었다.

한 수녀가 작은 나무 문을 열고 나오더니 큰소리로 외쳤다.

"여긴 다 찼어요. 남녀노소를 불문하고 더 이상 받을 수도, 음식을 나눠 드릴 수도 없습니다. 내일 혹시 누군가 열병으로 죽어 나가면, 몇 자리 정도는 생길 수도 있을 거예요."

사람들이 웅성거리기 시작했다. 여자들은 울음을 터뜨렸다. 그들은 더 이상 갈 곳이 없었다. 죽음을 맞이하기에 여기보다 나은 곳은 없었다. 여기에서는 적어도 종부성사라도 받을 수 있으니까.

마이클은 뛰기 시작했다. 어디서 그런 힘이 나오는지도 모르게 마구 달렸다. 마이클은 왔던 길을 되돌아갔다. 눈물이 얼굴을 타고 흘러내렸다. 가슴 한 구석이 아파 왔다. 심장이 둘로 쪼개지는 듯한 통증을 느끼며, 마이클은 자신의 어린 시절이 끝났음을 깨달았다. 마이클은 느릿느릿 걸음을 늦추며 생각했다. 그의 앞에 길고도 참담한 여정이 남아 있었다. 신은 없다. 만약에 있다면, 너무 잔인했다.


에일리는 페기에게서 눈을 떼지 않았다. 페기는 팔다리를 떨며 신음했다. 그리고 계속해서 엄마를 찾았다. 에일리는 페기에게 약을 더 먹였다. 이제 약 단지도 거의 비어 가고 있었다. 에일리도 녹초가 되었다. 에일리는 페기의 앙증맞은 코와 뺨에 난 주근깨에 입을 맞추었다. 입술에 닿은 페기의 피부가 전보다 더 차게 느껴졌다. 반시간 정도 지나자 페기의 체온이 더욱 떨어졌다. 에일리가 담요를 여며 주었지만, 페기는 몸을 덜덜 떨면서 이를 딱딱 부딪쳤다.

에일리는 담요 속으로 들어가 페기의 몸을 녹여 주었다. 산들바람이 부는 따뜻한 날씨였다. 에일리는 페기를 꼭 끌어안았다. 페기는 갓난아기처럼 가벼웠다. 에일리는 떨림이 멈추길 바라며 페기의 팔다리를 문질렀다.

"나 여기 있어. 페기. 언니 여기 있어."

에일리는 계속 속삭였다. 그러나 페기가 자기의 말을 듣고 있는지 확신이 서지 않았다.

드디어 페기의 떨림이 멈추었다. 페기의 몸은 편안해 보였고. 숨소리도 가지런해졌다. 페기는 에일리의 품에 안겨. 가슴에 얼굴을 묻고 편히 잠들었다.

에일리는 산사나무를 올려다보았다. 산들바람에 부드럽게 흔들리는 나뭇가지 사이로 푸른 하늘이 비쳤다. 에일리는 나뭇잎 사이에 숨어 있는 검은지빠귀 한 마리를 발견했다. 눈꺼풀이 무거워졌다. 에일리는 자기도 모르게 잠에 빠져 들었다.


마이클은 천천히 걸었다. 서두를 이유도. 전해 줘야 할 뭔가가 있는 것도 아니었다. 그는 허물어져서 야트막해진 돌담을 넘었다. 어디선가 마늘 냄새가 났다. 마이클은 땅을 파헤쳐서 마늘을 캔 다음. 주머니에 넣었다. 이제 담 하나를 건너 들판을 가로지르면 누이들이 있는 곳에 도착할 것이다.

그 순간. 마이클의 귀에 '음메' 하는 소리가 들렸다. 소리는 점점 더 또렷해졌다. 소 한 마리가 도랑을 건너다가 얽히고설킨 가시덤불에 두 다리가 박혀 옴짝달싹 못하고 있었다. 얼룩덜룩한 가죽에는 가시가 단단히 박혀 있었다. 마이클은 소가 고통스러워하는 모습을 더 이

122

상 보고 싶지 않았다. 그래서 곤경에 빠진 이 동물을 도와주기로 했다. 1마일 정도 들판을 가로질러 갔더니, 스무 마리 가까운 소들이 풀을 뜯고 있었고, 목동은 한가로이 잠을 자고 있었다. 갑자기 마이클에게 어떤 생각이 떠올랐다. 마이클은 다시 뒤로 돌아 전속력으로 내달렸다.

"누나, 빨리 일어나! 시간이 없어!"

마이클이 소리쳤다.

에일리는 기지개를 켰다. 페기는 가볍게 코를 골고 있었다. 에일리는 페기의 머리를 살짝 들어 담요 위에 누이고 나서 눈을 비볐다. 해가 지고 있었다. 거의 저녁 시간이 다 되었다. 아마 몇 시간은 잔 것 같았다.

"누나, 서둘러. 시간이 얼마 없어. 칼이랑 물통을 챙겨."

마이클은 벌써 풀숲을 헤치며 달리고 있었다.

에일리는 꺼져 가는 불에 잔가지를 몇 개 던져 넣은 다음, 칼과 물통을 챙겨서 마이클을 따라갔다.

# 젖소

"무슨 일이야? 어디 가는 거야?"

에일리가 소리쳤다.

마이클이 뒤를 보며 조용히 하라는

신호를 보냈다. 조금 뒤. 마이클은 에일리를 데리고 도랑으로 갔다.

소는 여전히 그곳에 갇혀 있었다.

에일리는 잠시 어리둥절했다. 마이클이 소를 죽일 리는 없었다.

에일리는 소의 엉덩이를 두드렸다. 소는 불안한 눈으로 주위를 둘러

보았다. 촉촉한 갈색 눈은 부드러웠지만. 겁에 질려 있었다.

"누가 오나 좀 봐 줘."

마이클이 부탁했다.

에일리는 주위를 둘러보았다. 아무도 눈에 띄지 않았다.

"뭘 하려고 그래?"

에일리가 속삭였다.

"이 소의 피를 뺄 거야."

마이클이 대답했다.

"뭐? 넌 할 줄 모르잖아."

에일리가 말했다.

"감자 농사가 망하기 전에 아빠한테 여러 번 들었어. 아빠랑 할아버지가 영주님의 소에서 피를 뺐다고. 이리 와서 좀 도와줘."

마이클은 소의 목을 살살 두드렸다. 그리고 손으로 목 아래를 이리저리 쓰다듬으며 혈관을 찾았다. 만에 하나 실수로 대정맥을 따게 되면, 피가 멈추지 않아 소가 몇 분 안에 죽게 된다던 아빠의 말씀이 떠올랐다. 마이클은 계속 더듬으며 그럴듯해 보이는 곳을 찾아냈다. 에일리가 칼을 건네주었다. 마이클이 목 아래의 부드러운 가죽에 칼자국을 냈지만 아무 일도 일어나지 않았다. 마이클은 칼로 더 깊이 찔렀다. 그러자 피가 한두 방울씩 떨어지기 시작했다. 소는 고개를 숙이고, 겁에 질린 눈동자를 이리저리 굴렸다.

"괜찮아. 조금만 참아."

에일리가 소의 등을 두드리며 진정시키려고 애썼다. 마이클이 손가락으로 상처를 벌려 피를 짜 냈다. 처음에는 뚝뚝 떨어지던 피가 이내 줄줄 흐르며 땅바닥을 붉게 물들었다. 에일리는 물통 뚜껑을 열고 떨어지는 피를 받았다. 피는 점점 세차게 흘러나와 금세 물통을 가득 채웠다. 마이클은 에일리에게 피가 멎도록 혈관을 누르라고 시켰다. 그러고는 진흙과 풀과 침을 섞어서 고약을 만든 다음, 상처에 발라 주었다. 10분쯤 지나자 피가 점차 멎었다. 소는 안절부절못했다. 아이들은 소의 다리에 걸린 덤불과 가시를 걷어 내어 소를 도랑에서 꺼내 주었다. 그리고 볼기를 때려 들로 돌려보냈다. 목동이 그 소를 찾으러 오는 것은 시간 문제라는 걸 마이클은 알고 있었다.

아슬아슬하게도 조금 뒤 목동이 소를 부르는 소리가 들렸다. 아이들은 꽤 멀리 떨어져 있었지만, 겁에 질려 풀숲에 몸을 숨기고 발각되지 않기만을 빌었다. 에일리는 소의 피가 담긴 소중한 물통을 꼭 쥐고 있었다. 에일리는 들킬까봐 옴짝달싹 못했다. 그렇게 20분쯤 지난 뒤, 두 사람은 페기가 있는 곳으로 돌아왔다.

페기는 여전히 평화롭게 잠들어 있었다. 만져 보니 몸이 꽤 따뜻해져 있었다.

"그런데 수용소에 갔던 일은 어떻게 됐니? 여기서 멀어? 그곳에서는 페기를 도와줄 수 있을까?"

에일리는 쉬지 않고 질문을 퍼부었다.

어디서부터 말을 꺼내야 할지 알 수 없어 마이클은 고개를 숙이면서 눈을 피했다.

"절망적이야."

마이클이 속삭였다. 에일리가 무너지듯 주저앉으며 마이클의 팔을 잡았다.

"수용소는 여기서 몇 시간만 걸어가면 돼. 하지만 우리가 거기까지 페기를 데려갈 수도 없고, 가 봤자 소용없을 거야."

마이클이 말을 이었다.

"누나. 거긴 정말 끔찍한 곳이야. 큰길까지 울음소리와 신음 소리가 들려. 게다가 그 냄새라니. 거긴 병자투성이야. 건물 밖에는 사람들이 주저앉거나 누워서 죽을 날만 기다리고 있어. 그 사람들은 말 그대로 살아 있는 시체나 다름없어. 게다가 식량은 한 톨도 남아 있지 않대. 우린 갈 데가 없어. 캐슬태거트까지 가려면 아직도 이삼일은 더 걸어야 할 텐데 너무 기운이 없어서 도저히 갈 수 없을 거야. 난 머리에서 현기증이 나. 이제 여기 가만히 누워서 죽을 날을 기다려야 할까?"

"소 피가 있잖아. 우리에겐 소 피가 가득 든 통이 있어. 이걸 먹으면 힘이 날 거야."

에일리는 일어나서 물통을 가져왔다. 그리고 냄비에 피를 부었다. 곡식도 있다면 얼마나 좋을까? 그러나 지금 남은 거라고는 자루 밑바닥에 남아 있는 낟알 몇 개와 껍데기뿐이었다. 에일리는 자루에 남아 있는 것을 모조리 쏟아 부었다. 마이클이 아무 말 없이 마늘 한 줌을 건넸다. 에일리는 마늘도 몇 조각 넣은 다음 냄비를 불 위에 올렸다. 그리고 타지 않도록 조심조심 저었다. 시간이 지나자 냄비 안에 넣은 것들이 한데 뭉쳐서 진갈색, 아니 거의 검은색의 케이크처럼 변했다. 에일리는 이것을 셋으로 나눈 뒤 제일 큰 조각을 마이클에게 주었다.

특이하고 강렬한 맛이었다. 에일리는 자기 몫의 조각을 조금씩 입에 넣다가 얼른 삼켜 버렸다. 페기의 몫으로도 한 조각을 남겨놓았다. 에일리와 마이클은 녹초가 되어 저녁 내내 휴식을 취했다. 깊이 잠든 마이클은 악몽을 꾸는지 흐느껴 울기도 했다.

조금 시간이 지나, 마치 기적처럼 페기가 눈을 떴다.

"언니, 물 좀 줄래? 나 목이 말라."

너무 기뻐서 에일리가 끌어안고 울음을 터뜨리자, 페기는 몹시 당황하는 눈치였다. 페기는 새로 떠온 물을 모두 마셨다. 얼굴은 눈처럼 창백했고, 커다란 갈색 눈 밑엔 검게 그늘이 져 있었다. 에일리는 페기를 무릎에 앉히고 머리부터 발끝까지 입을 맞추었다. 열은 다 내렸다. 거의 나은 것 같았다. 에일리는 페기가 좋아하는 노래들을 들려주면서 페기가 얼마나 착한 아이인지 계속 칭찬했다.

마이클은 아침이 돼서야 눈을 떴다. 그리고 페기가 휘어진 나무줄기에 기대어 앉아 있는 것을 보고 깜짝 놀랐다. 마이클은 페기에게 한쪽 눈을 찡긋했다. 그러고는 들판을 돌아다니며 온갖 종류의 꽃을 꺾어 와서 페기의 무릎에 놓았다. 페기는 언니와 오빠가 관심을 보여주자 기분이 우쭐해졌다. 기운이 없긴 했지만, 심하게 앓았던 일은 기억하지 못하는 듯했다. 에일리는 지난밤에 남겨 둔 소 피로 만든 케이크를 페기에게 건네주었다. 에일리는 오늘 저녁에 케이크를 더 만들어야겠다고 생각했다. 케이크를 먹고 난 페기는 꾸벅꾸벅 졸기 시작했다.

마이클과 에일리는 다시 길을 떠나기로 결심했다. 그것만이 살 수 있는 유일한 길이었다.

그 뒤 며칠 동안은 식량을 찾아 다녔다. 땔감을 구해 와서 불도 계속 지폈다. 소 피로 만든 케이크는 다 먹어 버렸다. 그러나 마이클이 밤 사냥을 나섰다가 운 좋게도 토끼 한 마리와 고슴도치 한 마리를 잡아왔다. 이제 아이들은 맛이 이상하다는 생각은 할 수도 없었다. 살아남는 것만이 중요했다. 쐐기풀은 충분히 모았고, 덜 익은 딸기도 모조리 땄다.

드디어 페기가 혼자 힘으로 설 수 있게 되었다. 사흘째 되는 날, 마이클과 에일리는 페기를 시냇가로 데려갔다. 에일리는 페기를 바위 위에 앉혀 놓고 씻겼다. 페기는 얼굴이 따끔거렸지만, 아팠던 흔적이 전부 씻겨 내려가는 것처럼 느꼈다.

한낮이 되자 산들바람이 상쾌했다. 구름이 흘러가며 태양을 가려 하늘이 어둑어둑했다.

"출발할까? 이제 준비됐니, 페기?"

에일리가 물었다.

페기의 파리하게 시든 얼굴에 차츰 불그스레한 빛이 돌아오고 있었다.

"난 이모할머니들한테 갈래. 엄마한테 예쁜 케이크를 구워 주신 할머니들을 찾을 테야."

페기가 대답했다.

아이들은 짐을 챙기고. 흙을 덮어서 불을 껐다. 곧 가랑비가 내릴 것 같았다. 다시 떠나기에는 지금이 가장 좋은 때였다.

# 캐슬태거트

'귀부인들은 마차를 타고 가지만. 가난한 사람들은 걷는 수밖에 없구나.'

에일리는 이런 생각이 들었다. 길은 너무나도 멀게만 느껴졌다. 에일리는 페기와 보조를 맞추어 걸었다. 페기는 빨리 걷지도. 오래 걷지도 못했다. 아이들은 고개를 숙이고 한 마디 말도 없이 저마다 생각에 잠겨 걸었다.

소 떼가 옆을 지나가자 에일리와 마이클은 미소를 지었다. 며칠 전에 피를 빼앗긴 소가 자기들을 알아볼지 궁금했다. 갈림길에 다다르자 마이클은 손을 들어 수용소로 가는 길을 가리켰다.

아이들은 천천히 걸으며 자주 휴식을 취했다.

한 번은 어떤 저택의 높은 담장에 기대앉아 쉬었다. 담장은 대지와 정원과 수풀이 우거진 오솔길을 요새처럼 감싸고 있었다. 그런 까닭에 넓은 돌계단과 화려한 화단, 갖가지 조형물들은 사람들 눈에 잘 띄지 않았다. 페기는 아까부터 개미 떼의 행진에 마음을 빼앗기고 있었다. 개미들은 잔뜩 먼지가 낀 벽돌 틈으로 들락날락했다.

"담 안쪽 좀 봐."

페기가 언니와 오빠를 불렀다. 에일리와 마이클은 못 들은 체 무시했다.

"와서 봐, 언니. 사과나무랑 딸기 덤불이 있어."

에일리가 달려와서 벽돌 틈을 들여다보았다. 에일리의 입에서 헉, 하는 소리가 났다. 그러나 담이 너무 높았다. 어른 키의 몇 배 정도 돼 보였다. 사람들이 얼씬도 못하게끔 세워진 것 같았다. 마이클은 담을 끼고 돌면서 혹시 나뭇가지가 드리워진 곳이 없나 살폈다.

뭔가 찾은 듯 갑자기 페기가 깡충깡충 뛰면서 담이 갈라진 곳을 가리켰다. 키가 큰 풀들이 뻗어 있고, 그 뒤로 담쟁이덩굴이 담장 꼭대기까지 자라 있었다. 페기가 담쟁이덩굴을 치우자, 벽돌 몇 장이 빠져 생겨난 틈이 드러났다. 하지만 사람이 들어갈 정도는 아니었다.

"난 할 수 있어."

페기가 뽐내듯이 말했다.

"내가 가장 몸집이 작잖아."

이것이 도둑질이라는 사실을 알고 있었지만. 지금은 사정이 달랐다. 에일리는 페기에게 비어 있는 음식 자루를 건넸다.

"페기야. 무슨 소리가 들리면 얼른 나와야 해."

에일리가 신신당부했다. 페기는 고개를 끄덕이더니 담쟁이덩굴이 가리고 있던 담장의 틈으로 사라졌다.

에일리는 갈라진 틈 사이로 안을 들여다보려고 애썼지만. 페기의 모습은 전혀 보이지 않았다. 페기가 안으로 들어간 지 백 년은 지난 것 같았다. 마이클은 안절부절못하며 왔다 갔다 했다. 바로 그때. 페기의 갈색 머리가 담쟁이덩굴 사이로 모습을 드러냈다. 페기는 불룩한 자루를 마이클에게 건넸다. 그러더니 다시 들어가 알록달록한 글라디올러스와 새하얀 작약을 한 손 가득 움켜쥐고 나왔다. 에일리는 웃음이 나오는 걸 가까스로 참았다.

아이들은 조금 더 가서 목장의 울타리를 넘었다. 그리고 길에서 보이지 않도록 덤불 뒤에 자리를 잡고 앉았다.

"언니도 그 안을 봤어야 했는데. 별별 열매들이 다 있었어."

페기가 아쉬운 듯 말했다.

자루는 구스베리와 라즈베리. 그리고 통통한 딸기 등으로 가득 차 있었다. 바람에 떨어진 사과도 몇 개 주워 왔는데. 아직 단단하고 싱싱해 보였다.

"정원에는 하얀 의자가 있고, 연못 한가운데에 입에서 물을 뿜는 조각상이 있었어. 연못에는 작은 물고기들이 이리저리 헤엄치고 있고, 한 마리 잡아 볼까 했는데, 너무 작고 예뻐서 관뒀어. 정원 안에는 높은 담이 또 하나 있었어. 하얀 문이 달려 있었는데 잠겨 있어서 문 틈으로 안을 들여다보기만 했어. 그 안은 꼭 농장 같더라. 양배추, 꽃 양배추, 당근, 양파가 가득하고, 커다란 옥수수와 엄청 큰 호박도 있었어. 그 문만 열려 있었어도!"

"그래도 잘했어."

에일리는 다시 한 번 페기를 칭찬했다. 아이들은 열매를 한 입 가득 베어 물었다. 달콤한 열매의 맛이 입 안을 가득 채웠다. 페기는 이모할머니들에게 드릴 거라며 꽃다발을 들고 가겠다고 우겼다.

다음 날 아침, 세 남매는 모두 배가 살살 아팠다. 아이들은 메리 케이트 할머니가 주신 약을 씹었다.

목사 한 사람이 작은 말이 끄는 마차를 몰고 지나갔다. 아이들은 목사에게 캐슬태거트가 얼마나 떨어져 있는지 물었다. 목사는 손수건으로 얼굴을 가린 채, 여섯 시 정도면 도착할 거라고 대답했다. 그러고는 말고삐를 당겨 서둘러 가 버렸다. 태워 주겠다는 말은 꺼내지도 않았다.

"못 갈 거 같아. 다리가 너무 아파."

페기가 울음을 터뜨렸다.

"키가 크느라고 아픈 거야. 넌 이제 어엿한 숙녀가 될 거야."

에일리는 다리를 주물러 주면서 페기를 달랬다. 마이클은 시들어 가는 꽃다발을 자기가 대신 들어주겠다고 말했다.

한 걸음 한 걸음이 열 걸음은 되는 것 같았다. 아이들은 있는 힘을 다해 마지막 남은 길을 갔다. 아이들이 캐슬태거트에 도착한 건 거의 해질 무렵이 되어서였다. 드디어 캐슬태거트에 온 것이다. 페기는 너무 좋아서 입이 떡 벌어졌고. 마이클은 등을 쭉 펴고 우쭐대며 걸었다.

"저 건물들 좀 봐! 가게들도 많아."

페기는 손가락으로 사방을 가리키며 소리쳤다.

야윌 대로 야위고 지쳐 있었지만 아이들은 온몸에 짜릿한 전율을 느꼈다.

"이모할머니네 가게는 어디야?"

페기는 몹시 흥분해 있었다.

마침내 꿈이 실현된 것 같았다. 에일리의 얼굴에 환한 미소가 번졌다. 드디어 동생들을 데리고 무사히 도착했다. 기운이 다 빠지긴 했지만 캐슬태거트에 온 것이다.

한두 사람이 아이들 곁을 스쳐 지나갔다. 아이들이 구걸할까 봐 사람들은 눈조차 마주치려 하지 않았다. 시내는 조용했고. 거리는 텅 비어 있었다. 술집이 두어 군데 있었는데 안에서 남자들 몇 명이 흑맥

주를 홀짝이고 있는 게 보였다.

길 왼편으로는 커다란 하얀색 건물이 서 있었다. 넓은 계단으로 이어진 문 앞에서 남자와 여자 몇 명이 모여 수다를 떨고 있었다. 큰 홀에는 샹들리에가 걸려 있고 식탁들이 놓여 있었다. 저녁 준비가 한창이었다.

군인 한 사람이 가던 길을 멈추고 아이들에게 다가왔다.

"저리 가. 이 녀석들아. 거긴 호텔이야. 너희는 대체 어디서 굴러온 거지?"

에일리는 갑자기 자신들의 초라한 모습을 깨닫고 얼굴이 빨개졌다.

"우린 이모할머니들을 찾으러 왔어요. 이곳에서 가게를 하고 계세요."

군인은 의심스러 눈초리로 아이들을 바라보았다.

"어떤 가게를 하고 계시는데?"

"케이크와 과자와 빵을 파는 가게예요."

페기가 앙칼진 목소리로 대답했다.

군인은 머리를 긁적이며 잠시 생각하더니, 손을 들어 골목길 저편을 가리켰다.

에일리는 좀처럼 믿어지지가 않았다. 드디어 찾아낸 것이다! 심장이 쿵쾅쿵쾅 뛰었다. 아이들은 길을 따라 걸으면서 열려 있는 가게를 몇 집 지나쳤다. 군인은 파란색과 하얀색으로 칠해진 문이 있는 집이 이모할머니네 가게라고 했다. 파란색 커다란 창문에는 하얀 덧문이 달려 있다고도 했다.

아이들은 드디어 가게를 찾았다. 가게에는 차양이 드리워져 있었다. 문을 두드렸지만 아무런 대답이 없었다. 아이들은 다시 문고리를 두드렸다. 그러나 안에는 아무도 없는 것 같았다. 이모할머니들이 모두 외출하신 걸까? 아이들은 좁은 뒷골목으로 가서 쪼그리고 앉아 잠을 청했다.

내일 다시 가 보기로 했다.

# 여정의 끝

도시의 소음에 아이들은 잠에서 깨어났다. 온 몸이 쑤시고 아팠다. 에일리는 옷에 묻은 먼지를 탁탁 털어 냈다. 에일리의 마음은 희망으로 들떠 있었다. 오늘이야말로 여행이 끝나는 날이다. 드디어 해냈다. 마침내 캐슬태거트 한복판에 와 있는 것이다. 이곳이 바로 엄마가 그토록 자주 얘기해 주시던 곳이었다.

아이들은 가까이에 있는 이모할머니들 가게를 향해 걸어갔다. 가게 주인들은 벌써 나와서 물건들을 진열대에 놓고 있었다. 철물점 주

인은 양동이. 냄비. 프라이팬. 그리고 단지들을 가게 앞의 놋쇠걸이에 걸었다. 문 옆에는 삽과 다리미가 쌓여 있었다. 페기는 물건들을 구경하느라 정신이 팔려 걷다가 초록색 물뿌리개에 부딪혔다.

아이들은 식료품 가게를 물끄러미 쳐다보았다. 어마어마한 양의 음식에서 눈을 뗄 수가 없었다. 밀가루와 곡식 자루가 진열대에 묵직하게 놓여 있었다. 천장에는 여러 종류의 고깃덩어리들이 걸려 있고. 하얀 선반에는 갖가지 잼들이 놓여 있었다. 가게 주인이 싱싱한 달걀들을 조심스럽게 닦아 버들 바구니에 담는 동안. 부인은 옆에서 조금씩 나눠 담은 차 봉지의 무게를 달았다. 아이들은 얼마나 배가 고픈지를 새삼 깨달으며 침을 꿀꺽 삼켰다.

에일리는 페기의 손을 잡아끌며 재빨리 파란색과 하얀색으로 칠해진 문이 있는 가게로 향했다. 크고 하얀 앞치마를 두른 여인이 물양동이와 대걸레를 들고 문 밖에 서 있었다.

페기는 기뻐서 어쩔 줄 몰라하며 속삭였다.

"저 분이 엄마의 이모야?"

페기가 속삭였다.

에일리는 긴가민가하며 조심스럽게 여인에게 다가갔다. 여인은 부지런히 가게 앞의 계단과 길을 닦다가 고개를 돌려 아이들을 바라보았다.

"저리 가. 이 거지들아. 여긴 너희들에게 줄 것이 없어. 빨리 가지 않으면 군인들을 부를 테다."

"우린 에일리와 마이클과 페기 오드리스콜이에요. 드럼니프에 사는 마거릿 머피의 자식들이죠."

에일리의 말에 여인은 아랑곳하지 않았다.

"너희들이 누군지 알게 뭐야. 어서 꺼져. 너희 같은 애들은 수용소로나 가렴."

에일리는 가슴이 무너져 내리는 것 같았다.

그러나 페기는 여인을 똑바로 보며 말했다. 커다란 눈에는 눈물이 가득 고여 있었다.

"아줌마는 우리 이모할머니가 아니군요."

여인은 고개를 끄덕였다. 그러고는 뒤돌아서서 아이들을 무시한 채 바닥을 닦기 시작했다. 에일리가 다시 여인 앞으로 다가갔다.

"혹시 드럼니프에 사는 마거릿 머피라는 분에 대해 들어본 적 없으세요? 나노 부인과 레나 부인이 우리 외할머니의 자매예요. 지금은 꽤 연세가 드셨을 거예요. 예전에 빵 가게를 하셨대요."

여인은 대걸레를 옆으로 치웠다. 그러더니 길모퉁이로 걸어가서 큰길 끝을 가리켰다.

"저쪽에 시장통으로 이어지는 길이 있어. 마켓 레인이라는 길이지. 거기에 할머니 둘이 하는 가게가 있어. 그리로 가 봐."

여인은 그렇게 말하더니 더 이상 말하기 싫다는 듯 홱 돌아섰다.

그러고는 양동이와 대걸레를 들고 가게로 들어가 문을 쾅 닫았다.

아이들은 그 자리에 오도카니 서 있었다. 사람들이 하나둘씩 거리로 나오기 시작했다. 아이들은 길을 건너 마켓 레인을 찾았다. 오르락내리락하는 길을 두 곳이나 지났지만 이모할머니의 가게는 보이지 않았다. 아이들은 외양간. 그리고 문이 닫혀 있는 잡화점을 지났다. 그러자 그 옆에 밖으로 작은 창이 나 있는 집이 보였다. 칠이 벗겨지고 현관도 더러웠지만. 예전에는 가게였음이 분명했다.

에일리가 문을 두드리자 놀랍게도 문이 스르르 열렸다. 아이들은 계산대가 가로놓인 침침한 집 안으로 들어섰다. 찬장에는 먼지 낀 잼 병들이 줄지어 놓여 있는 게 보였다. 여긴 아닐 거라고 에일리는 생각했다. 이곳은 더러웠을 뿐 아니라. 장날마다 손님이 가득 찬다던 인기 좋은 가게로 보이지도 않았다. 실망감이 파도처럼 밀려들었다.

가게 안을 둘러 본 페기는 눈이 튀어나왔다.

"케이크도 없고 빵도 없잖아. 도대체 어디 있는 거야?"

에일리가 얼른 페기의 입을 막았다. 진열대 너머 무겁게 드리워진 커튼 뒤에서 늙은 부인이 나왔기 때문이다. 허리가 구부정한 부인은 느릿느릿 움직였다. 하얗게 센 머리는 깔끔하게 쪽 쪄 있었다. 부인은 아이들을 발견하더니 가슴에 십자가를 그었다.

"불쌍한 것들! 여긴 너희들에게 줄 게 없단다. 도움을 받으려면 시내로 가는 게 나을 거야."

부인이 친절한 목소리로 말했다.

"부모님은 어디 계시기에 너희들끼리만 떠돌고 있니?"

"레나 할머니."

에일리가 떨리는 목소리로 말했다.

순간, 부인은 멈칫하더니 아이들을 바라보았다. 어느 아이나 살이라곤 하나도 없어서 마치 걸어 다니는 해골들 같았다. 남자아이는 더럽기 짝이 없었고, 작은 여자아이는 바람이 불면 날려갈 것 같았다. 그리고 맏이인 듯한 아이는 몹시 지쳐 보였다. 부인은 고개를 절레절레 흔들었다. 목숨을 부지하기에도 너무나 힘든 시기였다.

"레나 할머니."

에일리가 다시 한 번 불렀다.

"할머니가 우리 이모할머니시죠? 우린 마거릿과 존 오드리스콜의 아이들이에요. 전 에일리이고 이쪽이 마이클, 그리고 얘는 막내 페기예요."

부인의 입이 쩍 벌어졌다. 의자를 끌어 와 가까이 앉더니 아이들을 뚫어져라 뜯어 보았다. 가장 큰 아이는 엄마인 마거릿을 닮았다. 그러나 얼핏 보면 수용소에서 도망친 거지 아이 같았다.

"내가 레나 머피란다."

부인이 대답했다.

"또 한 분은 어디 계세요?"

페기가 물었다.

"우리 언니 나노 말이냐? 언니는 위층에 누워 있단다. 기운이 없어서 쉬어야 하거든."

페기가 한 걸음 앞으로 나가더니 다 시들고 지저분해진 꽃다발을 건넸다. 레나 할머니의 입가에 절로 미소가 떠올랐다.

"전 한 번도 설탕 옷을 입히고 제비꽃 모양으로 장식한 케이크를 먹어 본 적이 없어요."

페기가 종알거리듯 말했다.

할머니는 아이들을 바라보았다. 이 아이들이 자기의 친척이라는 사실이 믿어지지 않아서였다. 아이들은 몹시 굶주리고 지쳐 보였다. 아주 먼 길을 걸어온 것이 틀림없었다.

할머니는 아이들을 부엌으로 데려가서 의자에 앉혔다. 그런 다음, 주전자에 물을 끓이고 신선한 소다빵과 가장 맛있는 자두 잼을 꺼냈다. 그동안 무슨 일이 있었는지, 아이들의 부모인 마거릿과 존은 어디에 있는지 궁금했지만, 이야기를 들을 시간은 충분했다. 그보다는 먼저 무언가를 먹이지 않으면 아이들이 곧 쓰러질 것만 같았다. 위층에서 바닥을 두드리는 소리가 났다.

나노 언니는 늘 이것저것 요구가 많다니까. 레나 할머니는 속으로 생각했다. 지금 우리 부엌에 누가 앉아 있는지, 이 아이들이 어떤 일을 겪었는지 알게 되면 언니는 아마 기절할걸!

에일리는 집 안을 둘러보았다. 낡고 페인트칠도 다 벗겨진 부엌이었지만 깨끗하게 정돈되어 있었다. 선반 하나에는 네덜란드산 도자기들이 가지런히 놓여 있었고, 또 다른 선반에는 크고 작은 단지들과 빵 굽는 그릇들이 놓여 있었다. 이제 아이들은 가족과 함께 있었다. 이것이 가장 중요한 사실이었다. 에일리는 이곳에서 지낼 수 있기를 간절히 빌었다.

바로 그때, 위층에서 신경질적으로 바닥을 두드리는 소리가 났다. 곧이어 쿵쾅거리며 나무 계단을 내려오는 소리가 들렸다. 크고 둥근 얼굴의 부인이 회색 곱슬머리를 어깨에 늘어뜨린 채 파란 무명 가운 위에 회색 숄을 두르고 나타났다. 아이들을 본 부인의 얼굴에는 못마땅해 하는 눈치가 또렷했다.

"정신나간 거야, 레나? 우리 먹을 것도 충분하지 않은데 부엌에 거지들을 들여놓다니. 이러다간 우리까지 열병에 전염된다고. 나가라, 애들아. 마음 약한 할머니를 이용해 먹지 말고."

"그만해, 언니, 진정하라고. 얘들은 마거릿의 자식이자, 메리 엘렌의 손주들이야. 우리 핏줄이라고."

레나 할머니가 날카로운 목소리로 말했다.

나노 할머니는 가까이 다가와서 눈을 크게 뜨고 아이들을 쳐다보았다. 남루한 차림새에 더러웠지만, 분명히 닮은 구석이 있어 보였다. 나노 할머니는 낡은 모직 의자에 털썩 주저앉았다.

"너희들 어디에서 왔니? 마거릿은 어디 있어?"

나노 할머니가 질문을 퍼부었다.

그러자 레나 할머니가 나노 할머니를 나무랐다.

"일단 요기나 좀 하게 놔둡시다. 얘들은 지금 쓰러질 지경이라고."

아이들은 뜨거운 밀크티를 홀짝홀짝 마셨다. 그리고 소다빵에 잼을 발라 순식간에 먹어 치웠다. 소다빵 한 덩어리가 그 자리에서 사라졌다. 두 이모할머니는 아이들을 바라보며 의자에 앉아 있었다. 두 할머니 모두 한 마디도 하지 않고 저마다 생각에 잠겨 있었다.

식사가 끝나자 레나 할머니가 벽난로에 토탄 두 덩어리를 던져 넣었다. 페기는 할머니의 무릎 위에 올라앉았다. 에일리와 마이클은 그동안 있었던 일들을 얘기하기 시작했다. 아빠가 도로 공사하는 곳으로 일을 구하러 나간 것. 아기 브리짓이 죽은 일. 엄마가 아빠를 찾아 나선 일. 그 뒤 집을 떠나야만 했던 사정. 그리고 메리 케이트 할머니의 친절까지. 또한 여기까지 오면서 보았던 아름다운 풍경과 먹을 것을 찾아 헤맸던 일. 무서웠던 일. 페기가 몹시 아팠던 일. 그리고 어떻게 이 집을 찾았는지까지도 모조리 털어놓았다. 아이들의 얘기를 들으면서 두 이모할머니는 계속 눈물을 닦고 콧물을 훔쳤다.

"얘들아, 나와 나노 할머니가 있는 한 너희들은 이제 한 발자국도 더 걷지 않아도 돼. 보다시피 우리도 넉넉한 살림은 아니지만 너희들이 있기에는 충분하단다. 혹시 아니? 하느님이 굽어 살피셔서 마거릿과 존이 여기로 너희들을 찾으러 올지."

　레나 할머니가 자리에서 일어나더니 아이들을 향해 두 팔을 활짝 벌렸다. 에일리는 이제야 스르르 긴장이 풀렸다. 나노와 레나 할머니가 계신 집이라면 안심할 수 있었다. 하지만 에일리는 자기들의 마음이 언제나 고향에 있는 작은 오두막집에 가 있으리라는 사실도 알고 있었다. 문 밖에는 편안히 앉을 수 있는 돌들이 놓여 있고, 아름다운 풀꽃들이 가득한 작은 뜰이 있는 집. 고향의 들판에는 지금도 산사나무 사이로 부드러운 산들바람이 불고 있을 것이다.

# 아일랜드, 슬픔의 역사

이 작품의 배경이 되는 아일랜드는 영국의 서쪽에 위치한 섬나라입니다. 인구는 450만 명 정도이며, 면적은 약 7만 평방킬로미터로 영국의 3분의 1이 채 안 되는 작은 나라이지요.

호수가 많고 파란 들판이 펼쳐진 아름다운 자연 속에서 살고 있지만, 이곳 사람들은 자기네 나라를 가리켜 '슬픈 아일랜드'라고 부르기도 한답니다. 그만큼 서글픈 역사를 가지고 있기 때문입니다.

아일랜드는 7백 년 넘게 영국의 지배를 받았습니다. 그러나 무엇보다도 고통스러웠던 역사적 사건은 19세기 중반에 있었던 '대기근 (The Great Hunger)'이었습니다. '아일랜드 대기근' 또는 '감자 대기근'이라고 불리기도 하는 이 사건은 아일랜드 사람들의 운명을 송두리째 바꿔 놓았습니다.

당시 아일랜드 사람들은 아주 가난하게 살았습니다. 땅의 주인은 대부분 영국에서 온 지주들이었고, 아일랜드 사람들은 지주에게 땅을 빌려 소작을 하고 살았습니다. 소작이란 일정한 몫을 내기로 하고 다른 사람의 땅에서 농사짓는 일을 말합니다. 이들 아일랜드 소작 농들이 가장 흔하게 기르던 작물이 감자였습니다.

감자는 원래 남아메리카 토착민들이 기르던 작물인데, 유럽에는 16세기 중엽에 전해진 것으로 알려져 있습니다. 아일랜드에서는 17세기 무렵부터 감자를 재배하기 시작했으며, 18세기부터 주식이 되었습니다. 감자는 아일랜드의 토양과 기후에 적합했으며, 빨리 자라고 요리하기도 편해서 가난한 농민들의 든든한 식량이 되어 주었습니다. '아침에도 감자, 점심에도 감자, 저녁에도 감자'를 먹는 것이 그 시기 농민들의 생활 모습이었지요.

그러나 1845년 여름. 긴 우기가 끝나고 감자를 거두러 간 농민들은 스스로의 눈을 의심해야 했습니다. 병이 돌아 감자들이 모두 땅속에서 썩고 있었던 것입니다. 아무리 애를 써도 물컹하게 썩어 버린 감자들은 살아나지 않았습니다. '감자마름병'이라는 이 역병은 빠른 속도로 아일랜드의 구석구석까지 퍼졌습니다. 그리하여 가난한 사람들에게 생명줄 같았던 감자가 이제는 엄청난 재앙의 원인이 되고 말았습니다.

사람들은 가지고 있던 물건들을 모두 팔기도 하고, 절박한 심정으로 기도도 해 보았지만 아무 소용이 없었습니다. 아일랜드 역사상 최악의 대기근이 시작된 것입니다. 밀과 옥수수를 비롯한 다른 작물들은 농사가 잘 되었지만 대부분 영국으로 수출되었으며, 가난한 사람들은 그나마 조금 남아 있는 곡식조차 살 돈이 없었습니다.

다음 해가 되자 대규모 공공사업이 시작되었습니다. 사람들은 도로를 깔거나 땅을 고르는 일에 고용되었습니다. 쇠약해진 사람들에게는 힘든 일이었지만, 그것만이 돈을 벌 수 있는 유일한 방법이었습니다. 하지만 그 일조차 할 수 없는 사람들은 지저분하고 형편없는 수용소로 가거나, 거리와 들판으로 정처 없이 떠도는 수밖에 없었습니다. 그런데도 대부분의 지주들은 소작농들의 어려운 사정을 돌보지 않았습니다. 오히려 소작료를 내지 못하는 농민들을 쫓아내고 오두막을 부숴 버리는 일까지 빈번했지요.

게다가 굶주림과 함께 장티푸스나 이질 같은 전염병까지 널리 퍼졌습니다. 아일랜드는 이제 '살아 있는 유령들의 나라'가 되었습니다. 무료 급식소가 생기기도 했지만, 굶는 사람이 너무 많아 큰 도움이 되지 못했습니다. 감자 돌림병은 그 뒤로도 몇 년 동안 계속되어 수많은 사람들이 오두막과 길과 들판에서 시든 감자 줄기처럼 쓰러져 갔습니다. 견디지 못한 사람들은 머나먼 미국, 캐나다, 오스트레일리아 등으로 이민을 갔습니다. 불과 몇 년 사이에 1백만 명이 넘는 사람들이 죽었고, 1백만 명에 가까운 사람들이 다른 나라로 떠났습니다. 길고 힘든 항해 도중에 또 많은 사람들이 죽었고, 살아남은 사람들은 낯선 땅에서 새로운 생활을 꾸리기 위해 온갖 고생을 해야 했습니다.

당시 세계에서 가장 부유하고 강한 나라였던 영국은 아일랜드에 차가운 반응을 보였습니다. 오히려 이 기간 동안에도 영국은 군대까지 동원하여 강제로 다른 곡물들을 아일랜드에서 사들였습니다. 대대적인 지원을 하면 곡물 값이 떨어져 아일랜드에 있는 영국인 지주들이 손해를 볼 수 있다는 것이 그 이유였습니다. 그러면서도 '게으른 아일랜드 가난뱅이들 때문에 우리의 지갑을 열 수는 없다.'는 핑계를 댔습니다. 뜻있는 시민들이 자발적으로 지원금을 모아서 보내기도 했지만, 그 돈마저 대부분 아일랜드에서 살고 있던 영국인들을 위해 쓰였습니다.

다른 나라로 이민을 간 사람들은 열심히 노력하고 근면하게 생활하여 희망을 되찾았습니다. 그리고 아일랜드에 남은 사람들도 힘과 용기를 내어 다시는 예전과 같은 비극이 발붙일 수 없는 부강한 나라를 만들었습니다. 하지만 지금으로부터 약 170년 전에 있었던 역사적 사건만큼은 또렷하게 기억하고 있으며, 세계 어느 나라보다도 평화롭고 자유로운 나라를 만들기 위해 애쓰고 있답니다.

**슬픈 아일랜드** 그곳에도 지금도 신화가 살아 숨쉰다

제 1판 제 1쇄 발행일 2006년 3월 10일
개정판 제 1쇄 발행일 2013년 11월 5일
개정판 제 2쇄 발행일 2014년 11월 10일

글쓴이 · 마리타 콘론 맥케너 | 옮긴이 · 이명연

펴낸이 · 소병훈
주  간 · 오석균
편  집 · 최혜기
디자인 · 소미화
마케팅 · 권상국
관  리 · 이용일. 김경숙
펴낸곳 · 도서출판 산하/ 등록번호 · 제300 -1988 -22호
주소 · 110-053 서울특별시 종로구 사직로 8길 21-2 (내자동 서라벌빌딩 4층)
전화 · (02)730-2680(대표) / 팩스 · (02)730-2687
홈페이지 · www.sanha.co.kr / 전자우편 · sanha83@empas.com

Under the Hawthorn Tree
By Marita Conlon Mckenna

Copyright ⓒ Marita Conlon Mckenna, 1990
First published by The O'Brien Press Ltd., Dublin, Ireland, 1990
Published in agreement whth The O'Brien Press Ltd.
All rights reserved.
Korean Translation Copyright ⓒ 2005 by Sanha Publishing Co.
Korean translation rights arranged with The O'Brien Press Ltd. through Agency BRIT. Korea.

이 책의 한국어판 저작권은 브리트 에이전시를 통해
The O'Brien Press와의 독점계약으로 도서출판 산하에 있습니다.
저작권법에 의해 한국 내에서 보호를 받는 저작물이므로 무단전재와 무단복제를 금합니다.

ISBN 978-89-7650-416-6 44840
ISBN 978-89-7650-400-5 (세트)

＊ 이 도서의 국립중앙도서관 출판시도서목록(CIP)은 e-CIP 홈페이지(http://www.nl.go.kr/ecip)와
  국가자료공동목록시스템(http://www.nl.go.kr/kolisvet)에서 이용하실 수 있습니다.
  (CIP제어번호:CIP2013021537)
＊ 이 책의 내용은 역자나 출판사의 동의 없이 사용할 수 없습니다.